Blanco equivocado...

el día final de los íconos

ALEJANDRO RUIZ

www.ruiznovela.com - editorial-era
Publicaciones Editorial ERA Solutions
San Juan, Puerto Rico

Blanco equivocado... *el día final de los íconos* ®

Primera Edición: 2017

ISBN: 978-1-387-02470-4

Otras obras

– Secreto 1898 - la historia oculta
– Paraíso perdido de los dioses
– Hermandad aria... escape al futuro
– Ecuación 11 13... el código mágico
–La piedra angular... el viaje al séptimo cielo
–La égida de las pink girls
–Y ahora... ¿qué hago sin ti ? VOLVER A VIVIR
Decisión fatal... la travesía final

www.ruiznovela.com
Publicaciones Editorial ERA Solutions
San Juan, Puerto Rico

I

Blanco equivocado... *el día final de los íconos*

Aquel sótano era distinto a los del resto de las viviendas del humilde vecindario. Su función de albergar la tubería de gas, de agua y servir como almacén para guardar los adornos de navidad, de la silla vieja de muchos recuerdos, de baúles con fotos viejas había cambiado. El pequeño espacio había sido ajustado para que sirviera, además de desahogo de la casa, que le ofreciera a Jerry, un joven adolescente, de lugar privado y secreto de sus ratos y momentos de claustro.

La familia de éste había sido afectada por los eventos de la guerra en el Medio Oriente. Los conflictos de Afganistán le habían arrebatado a su padre, especialista militar del ejército norteamericano, cuando apenas Jerry entraba en la pre adolescencia. Su batallón fue abatido en una emboscada y perdió la vida, dejando al chico y a su madre en una profunda depresión. Ese vacío de su núcleo familiar, la ausencia inesperada de la figura paterna, su modelo, aquel cuya admiración y respeto era única, lo había cambiado, era otro. Se había convertido en un muchacho introvertido y callado, a pesar de que no era popular entre su grupo de amistades.

Los recortes de periódicos, fotos de escenas de los conflictos bélicos pegados a la pared crean el particular ambiente del pequeño lugar. Llama la atención que en el centro hay una foto de un soldado y junto a ésta, los recortes que reseñan las bajas norteamericanas en una emboscada. Una pantalla proyecta las imágenes de un noticiario. Presentan diferentes escenas de las guerrillas en Afganistán. Jerry está sentado frente a las laptop. Su amigo Will está a su lado, absorto en un video juego, gesticulando y haciendo ademanes según se desarrolla el programa.

–Will... Will... creo que encontré algo... es extraño, mira esto –dice Jerry.

–¡Qué pasó... dime, que estoy pasando al último nivel!

–¡Mira esto! –le insiste y su amigo se acerca a ver lo que éste le muestra.

–¡Oh...! ¿Qué es eso?

–Observa, hace un rato lo encontré. Míralo bien.

–Parece un plan de estrategias... –responde Will.

–Eso pensé al principio, pero mira...

Aparecen en la pantallas varias gráficas de mapas, coordenadas, cambios de códigos, datos de blancos militares, ataques y plan de vuelos.

–¿Eso es lo que pienso?

–¡Sí... lo logré! Es la base de datos de algún grupo. Vamos a ver quiénes son.

–¡Amigo, por fin lo conseguimos, por fin! ¡Son vuelos teledirigidos! –y diciendo esto, aparecen unas gráficas de un panel de control de vuelo.

–Creo que es el panel de control de un drone... –afirma Jerry, entusiasmado, animado.

–¡Sí, pero fíjate cómo cambian los módulos!

–Ya los veo. Es un UAV. Está en pleno vuelo.

–¡Cielos! –exclama Will, agitado, ansioso– ¡Están atacando un lugar! Busca las coordenadas para ver dónde es el sitio.

–¡Eso estoy haciendo! –pausando– No me equivocaba, es una de las zonas de Afganistán.

De pronto aparece en las pantallas el lanzamiento de proyectiles que impactan varios blancos. Las explosiones ocurren una tras otra.

–¡Cielos, es real, es real! Lo hiciste... –exclama Will, ansioso.

–¡Cálmate! Déjame pensar qué pasa... no puedo entrar al sistema sin protegerme. Tengo que resolver cómo hacerlo sin que nos descubran...

En ese momento se acerca Linda, la amiga de ambos que observaba en silencio sin que ellos se dieran cuenta. De manera impulsiva se les acerca y exclama.

–¡No hagas nada! No lo hagas porque estás dentro del patrón de vuelo y te descubrirán –ambos reaccionan sorprendidos.

–¡Linda... estabas aquí! Estabas viéndonos –reacciona Will.

–¡Sí! Jerry, entraste a una base de datos real. ¡Eso no es un video juegos!

–Sí, ya lo sé, pero ya estoy adentro. Déjame hacer algo – inmediatamente comienza a accionar ciertos códigos en el sistema y aparecen en las pantallas diferentes símbolos.

–¿Qué hiciste? ¡Te descubrirán! –exclama Will.

–¡No! Envié mi señal a diferentes servidores que se repetirán consecutivamente. Nunca me encontrarán. ¡Ahora verán esos malditos!

La pantalla muestra al drone girando errático y disparando sin blanco fijo impactando estructuras, vehículos y áreas de lo que parece ser una base, militar. El aparato teledirigido cruza de un lado a otro, subiendo y bajando sin rumbo fijo, se estrella contra una estructura.

La explosión del impacto provoca una gigantesca bola de fuego y humo negro que ilumina todo alrededor. Los restos de escombros y fragmentos de metal vuelan en todas direcciones. El escenario es impresionante, la mezcla de objetos esparcidos por el aire y la gran humareda y llamas completan el tétrico panorama de guerra.

Los tres jóvenes observan las pantallas en silencio, impactados, sin reaccionar ante el incidente. Jerry no se imaginaba los alcances de aquel movimiento de accionar diferentes comandos, combinando diferentes programas. No se imaginaba que cientos de millas distantes, en tierras desérticas, en un lugar no identificado se movían malévolos hilos que planificaban sus próximos ataques.

Unas potentes luces empotradas en las vigas de refuerzo que sostienen el techo de aquella enorme cueva, iluminan cada rincón del centro de mando soterrado del grupo rebelde. Sus sistemas de defensa habían sido intervenidos, burladas sus protecciones su base principal fue manipulada desde el exterior. Las nefastas consecuencias de esto fue el reciente derribo de uno de sus más efectivos aviones no pilotados. El descontrol de sus operadores técnicos se hizo sentir de inmediato.

Otro grupo de técnicos que realizan unas maniobras de prácticas militares reaccionan exaltados ante la situación.

–¡Comandante! ¡Señor, señor, algo pasa, no tengo control del panel de mando! –de inmediato, ante el exaltado pedido del técnico el militar llega hasta éste.

–¿Qué pasa? ¿Qué pasa con los controles?

–¡No obedecen los controles!

–¿Cómo que no obedecen los controles?

–Señor, una fuente externa está controlando la nave.

La nave gira errática a la vez que dispara proyectiles sin blanco fijo. Aumenta la velocidad de descenso y en pocos segundos se estrella contra unas ruinas donde había varios vehículos miliares. La explosión lanza por los aires cientos de trozos de metal y de roca, acompañados de la gran llamarada. De inmediato la humareda y el fuego invaden el lugar dejando todo en estado de caos.

Mientras la confusión entre los militares rebeldes los sorprende por el inesperado acto, cientos de millas del lugar, Jerry, Linda y Will observan absortos, también sorprendidos todo lo que ocurre. Están presenciando en vivo todo el incidente que el tímido joven había provocado en pocos minutos, accionando sólo unos códigos que crearon aquel inesperado e inusual incidente.

–¡Eso es! ¡Tengo el control! –exclama Jerry, emocionado, mirando a sus amigos.

–Amigo, pero te descubrirán –le expresa Will, preocupado.

–¡No, no! No identificarán la señal porque la conectó a diferentes servidores, así como si creara una reacción en cadena –responde Linda a su preocupado amigo.

–Es cierto... es cierto...

De inmediato aparece el mismo tipo de panel con otros códigos y otras escenas, es otro sistema de control. Están presentándose otros paneles, parecidos pero con otros formatos, con otro tipo de gráficas y fases. Algo está ocurriendo que cambia la situación, el panorama es diferente.

Esta vez lo que presentan los sistemas es de otro tipología. Los formatos responden a la nomenclatura anglo, a los utilizados por las fuerzas militares norteamericanas. Jerry estaba incursionando en otros niveles más avanzados de lo que sus dos amigos imaginaban. Las pantallas mostraban una combinación de gráficas y escenas que no correspondía a lo que su brillante amigo les había mostrado. No existía relación entre lo que ya conocían con lo que estaban presenciando.

Cientos de millas, cruzando los mares, en un lugar indeterminado del área desértica de Afganistán, invisible a la vista de los satélites y de los aviones espías, varios oficiales se encuentran en un transporte de comunicaciones. Están discutiendo los pormenores del inesperado incidente que ocurre en esos momentos. Los equipos muestran el incidente que los tiene preocupados, desconcertados ante lo que está ocurriendo con el UAV.

–¿Qué pasó? ¿Por qué perdimos la señal? –cuestiona el militar, un mayor norteamericano a cargo de la operación secreta.

–Señor, una señal extraña entró a los sistemas... los perdimos –explica el técnico a cargo de los sistemas.

–¿Cómo que los perdieron? Tienen que hacer algo, pronto.

–Eso estamos haciendo... pero ellos perdieron el control de la nave. Señor, aparentemente están teniendo problemas con la señal intrusa.

–¿Por qué no la identifican? ¿Qué pasa?

–La nave no responde a los comandos. ¡La perdimos, la perdimos!

De momento, la pantalla que transmite desde el UAV se apaga y desaparecen las imágenes del panel de control, de las cámaras de satélite.

–Teniente, ordene de inmediato que salgan los F-18 a la zona, de inmediato. Eso no está bien, algo extraño pasa.

–Al momento sale la orden, señor.

Y en ese momento que se da la alerta, en una base no identificada, en un lugar no señalado en los mapas despegan varios modernos F-18. Sus instrucciones son claras, llegar a la zona y todo lo que vean extraño, derribarlo sin preguntas. Lo que desconocían era que los sistemas, supuestamente los más sofisticados y modernos no estaban respondiendo a su centro de control. Aquel incidente técnico de interrupción de señales y la incursión de unas señales desconocidas era simplemente el inicio de una secuela de extraños y desconcertantes eventos.

II

El tráfico de la ciudad de Washington transcurre con la misma prisa de las grandes urbes. El congestionamiento de la gran urbe es reflejo de la compleja actividad humana. Sus avenidas, siempre llamativas y pintorescas de historia para el turista la hace especial.

Es la capital que combina la iconografía de sus monumentos nacionales con el atractivo de sus lugares de interés. Es el lugar donde no existen las diferencias de origen, como si el ambiente sugestionara a recordar la esencia de los fundadores, de sus héroes patrios.

Uno de los lugares donde sus residentes acostumbran reunirse queda en la periferia del Washington Mall queda ubicado en uno de sus edificios históricos. Aquella pequeña pero acogedora barra, sirve de punto de reunión de Robert Alexander, un agente del FBI, veterano especialista de los conflictos del Medio Oriente y su amigo de labores, Joseph.

–Esto es injusto, injusto... ¿Por qué me tienen que enviar a los archivos? O acepto la licencia forzosa o me asignan a los archivos. ¿Por qué? –inquiere Robert Alexander, mientras termina la cerveza.

–¿Cuándo vas a entender que el Capitán está molesto porque no estás cumpliendo con los casos? Últimamente has estado muy desorientado –responde Joseph, en tono conciliador.

–Joseph... Joseph... He cumplido con las investigaciones, con todas...

–Oye amigo... no con todas. Mira como cómo enredaste la evidencia del caso de los puertos. ¿Lo olvidaste?

–Lo sé, lo sé, pero eso pasó por... por... –llevando sus manos al rostro– ya sabes, en esos días tuve una recaída –concluye con voz entrecortada. Su amigo le pone su mano sobre el hombro y da suaves palmadas.

–Compañero... ¿Cuándo vas a aceptar que desde que llegaste estás desconcertado... desorientado? Amigo, tienes que descansar y tomar unas vacaciones... y aceptar ayuda.

–¡Estoy bien...! Sólo he fallado en un caso, lo reconozco, pero eso no es todo. Me siento un poco ansioso, un poco nada más...

–Compañero... eres uno de los mejores, sino el mejor del Buró en el manejo de comunicaciones y las técnicas y estrategias de campo. Ya lo demostraste en la tormenta del desierto, en Irak y en Afganistán... pero tienes que aceptar que estás tenso, muy tenso... y eso te está afectando –concluye Joseph, repitiendo las palmadas sobre el hombro de su amigo que cubre su rostro con las manos, apesadumbrado.

Frente a ellos hay una pantalla de tv proyectando la noticia de la pérdida de unos UAV estrellándose contra unas ruinas en un poblado aislado de Afganistán. Robert reacciona nervioso y mira fijamente la pantalla que transmite las escenas.

–¿Te das cuenta, amigo? –le señala Joseph.

–Bueno... tienes razón... lo mejor es aceptar las vacaciones y alejarme un rato del trabajo –y toma por completo la bebida.

Ambos amigos eran experimentados agentes con un amplio conocimiento de los conflictos del Medio Oriente. Conocían por vivencias propias lo que eran los efectos postraumáticos de la guerra.

Eran consientes de lo duro que les resultaba entrar a sus misiones, muchas de ellas cargadas de mucha tensión y riesgo, pero aún así se imponían los cruentos recuerdos. En momentos como ésos, donde las emociones se trasladaban a aquellas lejanas tierras y a los impactantes incidentes donde se jugaban la vida a cada minuto, era en esos instantes donde afloraba el estremecedor trauma.

La ciudad, cosmopolita, con un carácter sofisticado de historia contenía todo tipo de personajes, de seres humanos que cargaban en su memoria un diverso espectro de vivencias, inolvidables, duras.

El sector urbano, el área residencial le permitía a sus moradores, diferente a los visitantes fluctuantes que iban y venía, ese contraste de prisa y calma, de ajetreo y de actividad pasiva. Así ocurría en una de las escuelas de la zona. En ésa que asistían chicos de diferentes sectores, incluyendo aquellos cuyos familiares, al igual que Robert Alexander tenían una historia que contar.

Jerry camina meditabundo hacia los portones de salida de su escuela. Ensimismado en sus pensamientos y con la mirada al vacío, no se da cuenta de que su amigo Will corre tras él llamándolo.

–¡Jerry! ¡Jerry... espera! –llega hasta él– Oye... ¿Cuándo vamos a practicar para las competencias? –pero su amigo no le responde y se queda en silencio, caminando. Will sigue a su lado, no insiste, continúa a su lado.

–Jerry... ¿Qué pasa? ¿A dónde vas?

–Me voy... no asistiré a las otras clases –hace pausa–. Y no me interesan las estúpidas competencias. No me interesan.

–¿No irás a las otras clases? ¿Qué te pasa? ¿Y por qué dices que no te interesan las competencias? Ya demostramos que somos el mejor equipo de batallas de los video gamers. ¿Por qué te vas?

–Tengo que resolver un asunto que no terminé.

A poco metros de ellos aparece Linda caminando a prisa para llegar a ellos.

–¡Jerry... Jerry! ¡Will... Will! ¡Espérenme, espérenme! –y casi corriendo llega hasta ellos. Tomando de la mano a éstos, los detiene.

–Jerry... ¿A dónde vas? Tienes clases ahora. ¿Por qué te vas?

–Jerry... ¿Por qué te vas? –insiste Will.

–Ya saben porqué me voy. Si quieren venir, están invitados. No creo que se lo quieran perder...

El chico se detiene y mira a sus amigos. Éstos se mantienen en silencio, mirándolo con ternura. Lo entienden, saben lo que está ocurriendo con su compañero. Compartían más que unas clases académicas. Tenían muchas vivencias compartidas que los enlazaba de una manera muy especial. Uno era el confidente del otro, cada uno conocía el dolor y lo que los alegraba o entristecía.

Así caminan en silencio, sin articular palabras, sin hacer comentarios están llegando a la casa de Jerry. La vivienda de Robert Alexander queda al lado de la del chico. El agente está revisando el buzón y mirando la correspondencia.

–Vamos, avancen, rápido. No quiero hablar con él –les dice Jerry, casi susurrando–. Caminen, rápido.

–Jerry... pero va a saludarnos. Sospechará algo si lo evitamos –le expresa Linda.

–Ella tiene razón. Es mejor saludarlo como si nada ocurriera.

Cuando se acercan a él, Robert Alexander los ve y les habla.

–¡Hola chicos! ¿Cómo están? ¿No tienen más clases?

–Sí, pero es que Jerry... –pero Jerry lo interrumpe.

–¡Hola, Señor Alexander! No tenemos clases. Ya salimos.

–¡Ah, qué bien! Entonces tienen tiempo para descansar de la escuela... –interviene Linda y lo interrumpe.

–¡Sí, sí! Vamos a ver una película... ¿Verdad chicos que vamos a ver una película?

–¡Sí, una película, una película! –responde Will nervioso.

Mientras hablan, Robert Alexander mira el titular y la foto del periódico donde aparecen los restos de los UAV derribados en Afganistán. Cuando se van a retirar, éste les muestra la foto de la escena del incidente.

–¿Ya vieron la noticia?

–¿Noticia...? –responde Jerry, nervioso.

–La noticia que está en todos los noticiarios. A los malditos rebeldes de Afganistán les derribaron varios teledirigidos –y haciendo un gesto de afirmación con coraje–. Se lo merecían. Tenemos que acabarlos. ¿Qué opinan chicos? –y apenas éste termina, Linda le responde enfática.

–¡Sí, sí, se lo merecían, Señor Alexander! Hasta luego –y tomando del brazo a sus compañeros, se retiran dejando a su vecino revisando la correspondencia y su buzón.

–Buenas tardes Señor Alexander. Nos vemos más tarde, tenemos prisa. Hasta luego –le dice Jerry, tratando de controlar su nerviosismo.

–Hasta luego, Señor Alexander –añade Will.

–Hasta luego chicos, que disfruten su película.

Los jóvenes se retiran disimulando su prisa y Robert Alexander entra a la casa. Entra leyendo la noticia del derribo de los

UAV. Mientras lee, se quita la chaqueta sin darse cuenta que la esposa lo mira fijamente.

–Oye tú... ¿Qué pasó ahora? ¿por qué estás aquí, a esta hora? ¿Qué hiciste? –le increpa ésta en tono serio.

–Cálmate, déjame leer esto. Te explico ya mismo... –y continúa leyendo, se sienta– ¡Santos cielos, esto está interesante!

–¿Qué es tan interesante que no me puedes contestar? ¿Qué problemas tuviste en la oficina, Robert Alexander?

–¡Ya... ya! Cálmate... no tuve ningún problema en la oficina. Prepara el equipaje que nos vamos de vacaciones –y tira el periódico hacia un lado, mirando a su esposa.

–¿De vacaciones? ¿Seguro?

–¡Sí, nos vamos de vacaciones!

–¡Oh, esa sí es buena noticia! No ésas que aparecen en los noticiarios. Por fin haces algo valioso...

–¡Ya, ya, date prisa y no pierdas tiempo! Me quiero largar de aquí lo más pronto posible –se levanta malhumorado y se dirige a la cocina, mientras la esposa lo sigue.

–¿Por qué eres tan amargado? Mira tu cara... ¡Mírate!

–¡Déjame tranquilo y avanza! No haces nada más que quejarte y quejarte.

Para Robert, aquella conversación con su compañero sobre su comportamiento en las últimas semanas, lo dejó pensativo. Era duro aceptarlo, pero se estaba dando cuenta de lo que le ocurría. Él no era así, no era distraído, menos en su trabajo.

Había incursionado en las milicias desde joven, atraído por la bien montada estrategia publicitaria de las fuerzas armadas, de sus altos valores, de la defensa de la patria y de los países hermanos. Aquel mensaje tan conmovedor lo llevó a desarrollar esa idea romántica del joven que desea unirse a ellas y ser parte de ese equipo de hombres héroes que representan a su nación.

Hacía días que lo estaba meditando, su falta de concentración, de desgano, de ese sentimiento que no lo podía identificar. Tenía que aceptarlo, estaba presentando los síntomas post conflicto y no se había dado cuenta. Fue su compañero quien lo identificó. Estaba asignado a un grupo élite que en cualquier momento era requerido y tenía que ausentarse de su trabajo del Buró sin explicaciones. Unos días o semanas por enfermedad bastaban para disfrazar sus ausencias prolongadas.

Definitivamente que aquella reciente incursión le había afectado. Era difícil para él entender este cambio tan dramático en los incidentes del Medio Oriente. Ese aumento de incidentes tan violentos, con tantos actos terroristas contra civiles inocentes era otra panorama, otra realidad política. El aumento de las tensiones en esa zona, donde ya había estado varias veces en os últimos años lo estaba afectando.

Tenía que aceptarlo, su parte humana, su sensibilidad se lo estaba anunciando y no se daba cuenta. Por eso la abrupta decisión de irse de vacaciones. Lo necesitaba, su matrimonio también. Ese estado emocional estaba lacerando su estabilidad. Su juicio, su lógica le indicaba que era la mejor solución a su irritabilidad de las recientes semanas.

Mientras la breve discusión entre ambos, los jóvenes ya estaban en el sótano de la casa de Jerry. Éstos se encuentran frente a las laptop. Están en silencio. Un silencio tenso. Algo pasaba entre ellos que había provocado esa pausa de palabras. Éstos no eran así, eran conversadores, ágiles para discutir sobre lo que les ocurría a diario.

Eran tres jóvenes muy brillantes, tímidos, aunque extrovertidos entre ellos.

–Jerry... ¿Por qué te pusiste tan nervioso cuando el Señor Alexander te mostró el periódico? –le inquiere Will.

–¡Cállate...!

–Pero es que él se dio cuenta de tu reacción tan extraña y ...

–¡Cállate, que te calles...! ¿Por qué tenía que ponerme nervioso? –tras la respuesta de éste, Linda interviene.

–Jerry... no lo niegues, tus nervios te traicionaron –y dando un golpe sobre la mesa le responde.

–¿No entienden que no me puse nervioso?

–¡Oye, tranquilo... No tienes que reaccionar así... Te entendemos. Sólo fue un comentario... además... ¿Qué importa eso?

–¡Sí, Jerry, sólo fue un comentario! Discúlpame... no te enojes por eso –añade Will.

–¡No, discúlpenme...! Tienen razón. Me puse nervioso por el titular y las fotos.

–La noticia te puso nervioso porque sabes que tú lo provocaste –le responde Linda.

–¡Cállate, cállate, no lo repitas!

En ese momento aparece la madre de Jerry, bajando la escalera. Éstos hacen silencio.

–¡Ah... ustedes! ¿Qué hacen aquí a esta hora? Se supone que estén en clases... Jerry, explícame.

–Madre... déjame. No te metas en mi vida. Mírate, con un vaso en la mano... ya estás bebiendo, tan temprano.

–¡Jerry, grosero, soy tu madre! ¿Por qué me contestas así?

–Porque te lo mereces. ¡Mira... a esta hora ya estás tomando! –cerrando la laptop con coraje, se levanta– ¡Vámonos, vámonos! –y sube corriendo la escalera del lugar.

–Hasta luego, señora Hellen... –dice Linda.

–¡Hola, señora...! –y en un instante los tres jóvenes salen corriendo del sótano.

En ese mismo momento Robert Alexander está sentado en el balcón leyendo el periódico y escucha salir a los jóvenes, corriendo. Hablan en voz alta. Éste se levanta al verlos tan ofuscados. Por lo general eran callados y amables. Algo estaba pasando que estaban reaccionando de esa manera.

Lo que ellos no se imaginaban era lo que estaba ocurriendo en esos mismos instantes. Robert tampoco tenía idea lo que se cernía sobre sus personas. En el otro lado de la ciudad, fuera del área residencial, en las oficinas del FBI, se llevaba a cabo una reunión que los enlazaría de alguna manera insospechada.

El director de la oficina está reunido con dos agentes discutiendo un evento que daba inicios a un incidente, que más adelante tomaría un rumbo inesperado por ellos. Estaban próximos a lo que sería el principio de una serie de sucesos que culminaría en proporciones no imaginadas.

–¡Agente... necesito que verifique lo que dice el comunicado y notifique lo que dice a la división de comunicaciones que se preparen –ordena el director.

–Señor Director, las coordenadas del sector ya fueron enviadas a la división.

–De acuerdo, sólo me queda un detalle... me parece familiar ese sector... –y se queda pensativo.

–Señor, esa es la zona donde vive el agente Alexander.

–¿Alexander? Llámenlo de inmediato. Esto es importante.

–Señor, se fue de vacaciones, hoy mismo.

–¡No me importa! ¡Que cancele las vacaciones! Tiene que unirse al grupo. Esta orden viene desde la oficina principal. ¡Búsquenlo...! –le ordena el Director enfático al agente.

Estaba surgiendo un incidente que de alguna manera involucraba a Robert Alexander y éste lo desconocía. Cuando se daba ese tipo de orden para que se reportara al momento era indicativo de que era una situación de alta prioridad, sensitiva para el Buró.

Así, mientras se daban estos movimientos de carácter prioritario, los tres jóvenes están sentados en una banca de un pequeño parque. La gente cruza frente a ellos como de rutina. Unos caminan, otros corren, en su ejercicio diario. Éstos están en silencio.

–Jerry... ¿Ya te sientes bien? –pregunta Linda, sin respuesta.

–Amigo, sabes que te entiendo. Yo también estoy harto del alcohol del amigo de mi madre... el idiota –añade Will.

–Will... Linda... lo siento, perdónenme. Ustedes son mis amigos, lo único que tengo –y se lleva las manos al rostro, sollozando.

–Calma amigo, sé cómo te sientes. Todo sería diferente si tu padre estuviera aquí. A mí me pasa lo mismo. Si mi padre estuviera aquí, sería diferente... pero ninguno está.

–Chicos, cambien ese ánimo, estoy con ustedes... –y abraza a ambos– Will, tu padre llegará pronto. Ya anunciaron que regresarán varias tropas... y tu padre llegará como un héroe.

–No quiero que mi padre sea un héroe. Sólo quiero que sea un ciudadano normal, que trabaja y llega a su casa con su familia. No me gusta que mi padre esté tan lejos... –responde sollozando– Amiga... ¿Sabes que cuando estoy durmiendo, mi padre está montado en un camión militar en medio de algún conflicto en Afganistán?

–Al menos sabes que tu padre está vivo... y que algún día regresará –interviene Jerry.

–O que quizás nunca regrese... ¿No crees que eso es peor? Es una tortura... cada vez que presentan en las noticias lo que pasa allá.

–¡Chicos, chicos! Vamos a cambiar de tema, por favor. Jerry... ayer entramos en una situación peligrosa. Me preocupa que hayan identificado la señal.

–No... no creo que la hayan identificado. Triangulé la señal para que se creara el efecto dominó en los servidores. Ingresé varias fases de algoritmos que nos cubren. Será imposible que lo logren.

–De todos modos... me preocupa... recuerda que desconocemos los alcances de la tecnología de sus redes –dice Linda.

–¡Vamos... vamos a lo que salimos! Debemos terminar lo de anoche –les responde Jerry, levantándose y tomando del brazo a sus amigos.

Aquella breve conversación había removido las emociones contenidas y amordazadas por mucho tiempo. La ausencia de la figura del padre de ambos chicos los lastimaba, más cuando en la prensa estaba el tema latente, el peligro inminente y la inseguridad de los jóvenes. Aunque no lo conversaban, ellos sabían que todo aquello los estaba lastimando, mucho, a diario, en las noches.

Aún así, a pesar de la tensa situación que vivían en sus hogares, con las situaciones que les desestabilizaba emocionalmente, lograban refugiarse uno con el otro en su pasatiempo, en un interés único. Su pasión por la tecnología la expresaban en aquellos video juegos que los llevaba a otros niveles, permitiendo que olvidaran sus complejas rutinas diarias. Otros jóvenes reaccionaban de otras maneras, violentas, de trabajo deficiente en su escuela, de ausencia a sus clases, de irritabilidad constante y de apatía a socializar con sus pares. Con ellos, a pesar de lo complejo de la rutina diaria en sus hogares, reaccionaban diferente, continuaban siendo muchachos de buena conducta, de buena actitud.

III

Robert está acomodando el equipaje en el auto. Saca objetos del baúl y los tira al lado. Está tarareando una melodía cuando se escucha el claxon de un vehículo SUV que se estaciona detrás de éste. Varios sujetos bajan e inmediatamente llegan hasta él, que todavía tiene en sus manos una pequeña maleta. Mira con asombro a los recién llegados.

–¡Hola, compañero! ¿Qué haces? –lo saluda el sujeto, un compañero agente del Buró.

–¿Qué hacen ustedes aquí? ¡Rayos... ya me imagino! ¡Maldición! –exclama, lanzando la maleta con coraje al suelo.

–Compañero... ¿Cómo estás? ¿Vas de viaje? –le pregunta el otro sujeto riendo y extendiéndole la mano.

–Amigo... ¿Por qué no dijiste que ibas de viaje?

–¡Sí! ¿A dónde vas compañero?

–Pero... ¿Qué hacen ustedes aquí?

–Amigo, siento decirte que tus vacaciones están suspendidas.

Robert Alexander comienza a sacar el equipaje del auto y lo tira al piso, con coraje, molesto.

–¡Maldición! Pero... ¿Por qué, por qué cuando me quiero librar de esta presión el Director me hace esto? ¡Maldito viejo gruñón!

–¡Cálmate compañero...! Algo delicado surgió y vamos a entrar en acción... y de la buena, como a ti te gusta.

–Bueno, eso cambia las cosas –pausando para mostrar una sonrisa, aquello cambiaba el panorama–. Dime qué está pasando y por qué el Director me busca.

–¿Escuchaste la noticia del derribo de los UAV rebelde en Afganistán?

–¡Sí, lo vi en la prensa y en la tv!

–Pues no fueron nuestros hombres –al escucharlo Robert Alexander queda en silencio y mira al agente fijamente, sorprendido.

–¿Cómo? ¿No fuimos nosotros? ¿Un grupo externo?

–¡No... no! Es desconocido y hasta el momento no se ha podido identificar.

–Compañero, desde NORAT y desde el Pentágono se identificó una señal débil que provenía de varios lugares del país y de esta zona.

–¿De esta zona?

–¡Correcto! Recuerda que tu rama en Bosnia eran las comunicaciones y las redes de inteligencia de alta codificación. Por eso el director te quiere en el caso. De arriba presionan.

–¡Entiendo, entiendo! –responde con voz entrecortada– Pero una señal débil... puede ser un rebote fantasma de algún satélite que se sobrecargó y creó un reinicio que se pierde en áreas de baja intensidad, ya sabes...

–Lo siento compañero. Vamos, te ayudamos a regresar el equipaje a la casa.

Aquellas últimas palabras de su compañero de agencia había dejado a Robert Alexander un poco confundido. Sabía que la respuesta que le dio a su amigo agente era sólo para responderle. Algo no le cuadraba. Eso no le hacía sentido, definitivamente que esa inesperada interrupción de sus vacaciones, de su licencia, cuando lo estaban obligando a irse y de momento lo necesitan, algo delicado ocurría.

En esos mismos instantes, Jerry, Will y Linda regresan a la casa de su compañero. Caminan absortos, en silencio acercándose cuando ven el vehículo del Buró. Al unísono, Jerry y Linda se detienen abruptamente. El temor se apodera de éstos de inmediato. Se asustan.

–¿Qué pasa? ¿Por qué nos detenemos? –pregunta Will.

–¡Alto! Regresemos. Algo pasa, esos son agentes del FBI.

–¡Sí, son compañeros del señor Alexander! Algo está pasando –dice Linda.

–Si lo vienen a buscar es porque pasa algo. Nunca lo vienen a buscar. Miren lo que hacen –añade Jerry, nervioso.

–Es cierto. Le están ayudando a llevar el equipaje a la casa.

En ese momento sale la esposa de Robert con un maletín y al ver a los agentes, se detiene, les dice algo y entra a la casa a prisa.

–¿Vieron eso? La señora Alexander se molestó. Eso quiere decir que el señor Alexander se tiene que ir. Algo grave está pasando –expresa Jerry, ansioso.

–¡Es cierto...! ¡Vámonos, sí, vámonos! –exclama Will, asustado y nervioso.

Dando media vuelta, los tres jóvenes caminan a prisa en dirección contraria a la casa de Jerry. Aquella visita inesperada era muy sospechosa, significativa de que algo estaba ocurriendo. Para ellos eso podría representar sospechas o investigación de algo. Eran demasiado brillantes como para descartar que no los podrían descubrir. Tenían conocimiento de los adelantos y de la sofisticada tecnología que tenía el Buró y las agencias de inteligencia de su nación.

Así, caminan ensimismados, sin hacer comentarios entre sí, como si quisieran alejarse de aquellos agentes, miembros de uno de los cuerpos de inteligencia más infalibles y de más poder en el mundo. Tras caminar un largo rato llegan a su lugar preferido, al parque donde las personas acudían a ejercitarse, a caminar o a liberarse de la tensión cotidiana como lo harían ellos. Sólo que esta vez no iban a conversar y a ver pasar a la gente sino a compartir su preocupación por lo que había pasado el día anterior.

Después de todo, aunque Jerry era el cerebro del incidente que estremeció a las agencias de seguridad y los puso en alerta máxima. Will y Linda eran parte de la movida que provocó el inexplicable evento.

Estaban en su banco favorito, bajo la sombra del árbol que lo cobijaba. Tenían que relajarse para conversar sobre lo que estaba ocurriendo. La incertidumbre que generó aquella visita de los agentes a su vecino los preocupaba. Ninguno lo expresaba pero estaban nerviosos, asustados.

–Linda, por favor explícale que estaremos en peligro si continúa entrando al centro de mando de los rebeldes –dice Will.

–Él tiene razón, Jerry. Estás entrando en un asunto muy peligroso. Piensa que si los rebeldes nos identifican, pueden enviar a sus mercenarios a matarnos...

–¡Sí... sí, Jerry! Es muy peligroso lo que estamos haciendo.

–Creo que están asustados, cuando deberían estar orgullosos de lo que logramos.

–Jerry, sí... logramos algo único, pero es muy peligroso. ¿De qué nos sirve si estamos arriesgando la vida? Piensa... piensa la tensión... en cualquier momento puede pasar algo, no sabemos... –dice Linda nerviosa y con voz apagada.

–Linda... Will, yo sé lo que hago. Entiendo el riesgo, pero esos hijos de perra... me quitaron a mi padre. Lo perdí por ellos y es hora de que paguen. No me retiraré de los sistemas hasta que los destruya... hasta que los acabe, malditos mal nacidos –concluye sus palabras con coraje, llevándose las manos al rostro, comienza a sollozar.

Linda lo abraza, Will se abraza a él también.

–De acuerdo amigo... te entiendo... pero es muy arriesgado.

–No me importa, no me importa lo que pase, sólo quiero hacerles pagar a esos malditos por la muerte de mi padre.

–Jerry... amigo... te entiendo –le responde Will, pausando–. No olvides que mi padre está allá...

–Por eso mismo me debes apoyar... ¿O acaso quieres que los rebeldes hijos de perra te quiten a tu padre también?

–¡No, Jerry, no, no digas eso porque me muero si le pasa algo! Me muero con mi padre... que es lo único que tengo.

–Will, por favor no lo repitas. Tienes a tu madre contigo y eso es importante.

–Mi madre... mi madre... ¡Es como si no estuviera! Sólo está pendiente a pelear por las borracheras del idiota marido vividor que se buscó... hijo de perra... ¡Maldito! ¡Lo odio... lo odio! –y llevándose las manos al rostro, comienza a sollozar también.

–¡Maldita guerra, maldita... ! –los abraza y llora con ellos.

Aquella conversación de los jóvenes era sólo el pequeño desahogo de sus tensas y monótonas rutinas. No tenían el alivio de sentirse que eran chicos de unas familias funcionales, normales que compartían sus mismas preocupaciones, sus sueños y sus anhelos. Cada uno de ellos vivía su propia angustia, como si la hubiesen ajustado para que se sintieran de esa forma, carentes de un núcleo lleno de amor y comprensión, de cariño y felicidad.

Para éstos lo único que los distraía, que les daba un aliciente, que llenaba ese vacío que tenían sus vidas, era su refugio, el sótano de Jerry. Su elemento que los liberaba de esa pesadez emocional eran los video juegos.

Definitivamente que la tecnología del mundo cibernético les recompensaba con lo que su familia y su entorno inmediato le había negado. El afecto emocional ausente en los tres, estaba siendo sustituido por unas pequeñas y sencillas laptop, por un espacio complejo de señales y de comunicaciones frías y anónimas.

IV

El edificio sobrio y austero que se impone en la avenida como si fuese un personaje protagónico de aquella gran ciudad, de tanta historia, de tantos acontecimientos invisibles que permitían el envidiable sueño americano.

Robert Alexander y sus compañeros agentes están en la oficina del Director. Frente al amplio escritorio de fino nogal de éste hay una moderna pantalla que está proyectando un segmento de las noticias. Aparece la figura de un encapuchado hablando con un marcado acento.

–Y éste es el último aviso que le damos a los criminales ejércitos que invaden nuestras tierras. A ustedes les avisamos que estaremos enviando a nuestros mártires a cobrar venganza por haber derribado nuestras naves de defensa. No dormirán tranquilos, jamás – y concluyendo las palabras, desaparece de la pantalla.

El Director tiene el control remoto y al instante corta el video y apaga el artefacto.

–Smith... explícale al agente Alexander las últimas instrucciones que recibimos. Los veré luego, ahora salgan... los llamo.

Haciendo un gesto de saludo, éstos salen sin hablar. El mensaje había sido claro, certero y la experiencia de ellos les decía que estaban entrando de lleno a una misión de grandes calibres.

En pocos minutos están abordo de una SUV en dirección indefinida. Entran al estacionamiento de un edificio comercial y se ubican al lado de un vehículo tipo camión. En un momento, con asombrosa rapidez ya están en el interior de un sofisticado centro localizador de señales de la agencia.

De inmediato, ya estaban en camino por la avenida con rumbo desconocido. Los técnicos le entregan a Robert Alexander y a los agentes los documentos confidenciales que describen la misión en que están incursionando. Una serie de pantallas comienzan a mostrar diferentes escenas, iniciando con las gráficas que muestran a los UAV en descontrol, dando giros y los siguientes eventos que culminan con el ataque a la base rebelde. En pocos minutos el técnico les muestra la evidencia que tiene el Buró y la nueva investigación.

En los documentos hay unas gráficas de la ciudad, de donde surgen unas señales extrañas que coinciden con las identificadas dentro del patrón de vuelos de los vehículos hackeados. Aquellos datos eran confusos ya que se internaban en una repetición binaria que los sistemas no ubicaban con precisión.

–Agente Alexander, las coordenadas de las señales más intensas se ubican en tu zona. ¿No te crea curiosidad?

–¿Qué me quieres decir? ¿Insinúas que de el sector donde vivo es que salen esas señales? Es una zona residencial de muchos años. Posiblemente en toda la nación deben estar buscando este tipo de señales... Esto es una perdida de tiempo.

–Compañero, no necesariamente, pero imagínate que pueda pasar algo así. Los equipos son muy certeros, ya los conoces.

–Agente, creo que tiene buena imaginación. En este lugar sólo viven personas mayores y la mayoría desconoce la tecnología, aparte de la tv y el internet –otro agente a cargo de los paneles interviene.

–Compañeros, ya hemos pasado por toda el área y no hay evidencia de alguna señal sospechosa. Posiblemente fue el rebote fantasma de alguna señal perdida –y ante el comentario del técnico y la mirada de asombro de Robert Alexander, Smith interviene.

–¡Sí...! ¿Por qué no nos vamos?

–El Director fue bien claro cuando dijo que revisáramos todo el área –insiste el otro agente.

–De acuerdo, como tú digas, eres el experto.

El resto de éstos y Robert Alexander asienten y comienzan a presentar en las pantallas las diferentes señales y su procedencia. Las gráficas y códigos de diferentes muestras desfilan una tras otra, sin que aparezca alguna que el sistema los identifique como las que encontraron en los UAV. El vehículo se traslada de una zona a otra, transcurre el tiempo sin que su búsqueda sea exitosa.

Las horas pasan y los tres jóvenes ya estaban en casa de Jerry. Habían regresado luego de despejar sus tensas mentes, para hacer lo que les agradaba. Aquella aventura de adentrarse en el ciber espacio les resultaba refrescante. Después de muchas horas y de trabajo arduo descubrieron que tenían la capacidad de penetrar los encriptados sistemas de defensa de aquel grupo rebelde.

–Jerry... ¿Estás seguro que las combinaciones de logaritmos para el sistema binario funcionará? –inquiere Will, ansioso.

–Will, no te preocupes que ya revisé cada uno de los formatos y funcionan. Se acoplan en las fases de encuentro. No nos identificarán –le responde Linda.

–Ya sé, pero no te olvides que estamos entrando a la red más poderosa de todos los sistemas de inteligencia.

–¿Tienes miedo? –le pregunta Jerry.

–¡No! No tengo miedo, pero seguro que desde ayer tiene que haber activado alerta máxima a todos los sistemas de inteligencia... Amigo, esta gente es una máquina de inteligencia militar.

–Y los rebeldes también... y ya que identificamos su talón de Aquiles, vamos a liquidarlos... es nuestra oportunidad –le confirma Jerry, con énfasis, con seguridad.

–Cálmate Will, no pasará nada, estamos alertas a cualquier movimiento sospechosos de las redes –añade Linda al ver la inseguridad de su compañero.

–¡Miren esto, miren! –exclama Jerry.

En ese momento aparece en la pantalla un panel de control con otras especificaciones, otras codificaciones. Aquello era típico de los sistemas americanos, era un centro de control. La actividad de sus formatos la identificaban.

–¡Cielos...! Jerry... ¿Qué es eso? –inquiere Linda, ansiosa.

–¿Qué pasa? ¿Qué encontraste? –pregunta Will.

–¡Cielos, Jerry! ¿Dónde estás ahora? –insiste Linda.

–¿Saben qué tenemos de frente? –responde Jerry.

–Jerry, por favor... ¿Qué haces? ¿Dónde entraste? –ella insiste.

–¡Míralos que fácil es moverlos... No pensé que fuera tan fácil maniobrarlos, se supone que posean inteligencia artificial. Observen.

Aparece en una pantalla las maniobras de un vuelo de un UAV norteamericano sobre una zona de Afganistán.

–¡Es un Predator norteamericano! –exclama Linda, ansiosa.

–¿Qué...? ¿Qué es un...? –y Jerry lo interrumpe.

–¡Sí... sí! ¡Es uno de los nuestros...! Lo logré... Un UAV Predator en plena acción...

–Oye... ¿Qué haces? Estás jugando con fuego –dice Will.

–Él tiene razón, Jerry. Nos descubrirán...

–Amigo, no te pases de la raya. Dentro de poco tendremos a todas las agencias del gobierno sobre nosotros. ¿Estás loco?

–¡Cállate, por favor! Observa para que aprendas lo fácil que es maniobrarlos.

–Oye... ¿No crees que estás cruzando una línea de fuego? En un rato tendremos a la CIA y al FBI rodeando la casa –dice Linda.

–Por favor, tranquilos que mi sistema de escape funciona. Ya se los probé anoche con los rebeldes. Es igual con los nuestros...

–Amigo... esto me da miedo, mejor me voy a mi casa.

–¡No, no te muevas de aquí! Mira esto, te gustará. Toma el control.

–¡No... no! No lo haré. Jerry, por favor, me quiero ir, esto no me gusta, es peligroso –responde Will, asustado, nervioso.

Jerry acciona varios comandos y la pantalla del Predator comienza a mostrar el patrón de vuelo y los lugares asignados. Aparecen comandos para dirigirlo, pero su programa los rechaza. Aquello significa que él puede dirigir y tomar control del UAV. Sus ajustes y entrada a los programas del artefacto son exitosos. Lo tiene bajo su control absoluto.

–¿Qué ocurre? ¿Qué son esos códigos? –inquiere Linda.

–Están tratando de bloquear mi señal. Tengo el control y no me pueden bloquear.

–¡Cielos... Jerry... es increíble lo que haces! –exclama Will.

–Pero... no me interesa manejar a los nuestros, no están en mi mira. Ellos tienen sus propias estrategias de ataque, yo tengo las mías, contra el mismo blanco. Sólo que las mías las llevaré a cabo con las naves rebeldes... demostrándoles lo imbéciles que son.

Jerry continúa asignando códigos y las pantallas se cierran. Aparecen otras escenas, otros formatos con símbolos y números. Estaba entrando en las redes de los UAV de las fuerzas armadas americanas. Sus compañeros están sorprendidos con la destreza que muestra su brillante amigo.

Lo que ellos no imaginan es que aquellas redes del bloque de la Alianza estaban en alerta máxima. Después del reciente ataque a la base de datos de los rebeldes que culminó con la pérdida de parte de su campamento y de uno de sus UAV más valiosos, habían tomado sus precauciones.

Inmediatamente se percatan de que unas señales desconocidas están entrando en sus redes, activan sus localizadores de satélite. En el centro de mando, donde están los sistemas que controlan la vigilancia y el rastreo de inteligencia los militares reaccionan.

Las alarmas y las sirenas de alerta se activan creando todo un ambiente de activación máxima de todos los comandos. Momentáneamente hay descontrol entre ellos, llamadas, cambios de controles.

–¿Qué sucede aquí? ¿Por qué perdimos control? –Pregunta el Comandante.

–Señor, estamos tratando de bloquear la señal intrusa, pero es imposible –responde el técnico a cargo del panel de redes de comunicaciones y control de mando.

–¿Por qué, pero por qué no la pueden bloquear? ¿Ya la identificaron?

–Negativo, señor, está demasiado codificada. Está encriptada con un lenguaje que nuestros sistemas no identifican.

–¿Y de dónde procede?

–Desconocido, Comandante ésa es la misma señal que intervino en las redes de comando de los rebeldes.

–¿Ya se comunicaron con la base matriz?

–No tienen respuesta, señor. Desconocen la forma cómo están entrando en las redes de satélite.

–¡Avisen de inmediato a la base de la Alianza! Tienen que intervenir, pronto.

–Entendido, señor. Inmediato nos comunicamos.

Aquellas movidas que descontrolaron por un lapso breve de tiempo al centro de mando de aquel campamento de las fuerzas norteamericanas era el inicio de varios acontecimientos estremecedores para la Alianza. Los militares de la zona de Afganistán que mantenían bajo control a los rebeldes estaba siendo intervenida en sus sistemas de defensa, aún con toda la avanzada tecnología.

Escondido entre una infinita gama de señales, perdidas en el ciber espacio, Jerry y sus compañeros, cientos de millas desconectado de ellos conversaban sobre la recién intervención. Desde aquel pequeño sótano, con un simple sistemas de computadoras, tres jóvenes que apenas terminaban su escuela secundaria, habían sacudido los cimientos que mueven la principal maquinaria de guerra que detiene los avances de los rebeldes y su violento terror.

–¡No puedo creer que estuvimos al mando de un Predator! ¡No lo creo, no lo creo! –expresa Will, con entusiasmo.

–Pues créelo... Ahora fíjate bien cómo le arrebatamos los controles a estos malditos rebeldes.

Y al instante aparece en la pantalla nuevamente el centro de mando de los UAV de los rebeldes. El mismo panel de controles con las mismas gráficas y símbolos en su idioma muestra cómo están manejando el vuelo de uno de sus artefactos. Éstos tienen unos comandos con un patrón de vuelo y varios blancos asignados.

Jerry está de forma invisible observando cómo manejan aquella máquina cuyo destino es un poblado de civiles. Tiene en sus manos la capacidad para bloquear los mandos del UAV y tomar el control sin que ellos puedan evitarlo.

–¿Qué hacemos? Ya entraste y tienes el control –dice Linda.

–¡Sí, fija las coordenadas del último movimiento de sus comandos. ¡Ya verán esos imbéciles... idiotas! –exclama Jerry, molesto, con coraje.

–¡Listo... ya están en el archivo!

–De acuerdo... perfecto. Vamos niño, muéstrale a tus padres malos su castigo por lo que hacen.

La pantalla de la nave muestra el cambio de dirección del UAV. El cambio de mando y de códigos se acciona inmediatamente. Jerry toma control del vehículo teledirigido. Los blancos asignados en el panel desaparecen y surgen otros que se definen en pocos segundos.

Con números, cifras y símbolos del mismo lenguaje de los rebeldes cambian para mostrar los nuevos blancos de ataque. El campamento, los almacenes, las áreas de abasto, camiones y vehículos de combate son las nuevas tarjetas militares.

El UAV se dirige hacia su nuevo destino. En pocos segundos los proyectiles salen del aparato y bajan a gran velocidad para impactar los lugares. Uno a otro los blancos son impactados, uno a uno, dejando ver en cada impacto la explosión y la bola de fuego, humo y los vehículos volando en pedazos por el aire.

–¡Eso es... malditos! Para que aprendan de su misma dosis – exclama Jerry, riendo y mostrando un gesto de triunfo.

–¡Contacto! ¡Bumb... bumb...! –exclama Will, animado.

–¡Cielos... es increíble! Creo... creo que... Jerry, estamos haciendo algo peligroso... estamos metidos dentro de la guerra –dice Linda con voz entrecortada, nerviosa.

–¡Sí... pero ahora viene lo mejor! Envíame las coordenadas y el patrón de vuelo de la base de donde salió la nave.

–Jerry... ¿Estás seguro de lo que haces?

–¡Sí, sí, estoy seguro! ¡Dame las coordenadas, rápido!

–De acuerdo, como tú digas... –y acciona varios comandos– Ahí están, son tuyos... ¡Espera, se acercan unos MIG! –exclama Linda.

–¡Ah... eso no es problema! Son MIG 25, conozco su patrón de vuelo... son antiguos... ¡Ya verás!

La pantalla muestra como el UAV en manos de Jerry, maniobra hábilmente para retirarse de los jets que se acerca a velocidad disparando.

–¡Perfecto, ahora verás esto que les haré... hijos de perra, malnacidos!

Con gran destreza cambia el patrón de vuelo del UAV para dirigirse a la base de salida de los rebeldes. La nave esquiva los MIG que le disparan y en una maniobra inesperada por éstos, enfila a gran velocidad hacia uno de los edificios de la base y se estrella contra éste. La fuerza con la que impacta sobre la estructura provoca una gigantesca bola de fuego que dispersa su llamarada y la fuerza de impacto que destroza todo a su alrededor.

–¡Sí, sí! ¡Eso es... ! –exclama Jerry, eufórico y riendo.

–¡Wao... eso sí que es un blanco perfecto! –dice Will, con entusiasmo.

–¡Jerry lo hiciste de nuevo! ¡Cielos! –comenta Linda, levantándose nerviosa, llevando sus manos al rostro, ansiosa.

Aquel encuentro de naves, inesperado por los rebeldes resultó en un fuerte golpe, un ataque que no se imaginaron. Sus defensas de los antiguos MIG no sirvieron para evitar que el artefacto teledirigido destruyera parte de las facilidades militares sino que para rematar, impactara la estructura de la base rebelde. Ése ataque fue de grandes y graves proporciones para los rebeldes.

Los jóvenes no salían de su asombro y entusiasmo por aquella hazaña, sin imaginar los graves alcances de su acción bélica, de lo que era un ataque cibernético inesperado, no sólo por los rebeldes, sino por las fuerzas de la Alianza que monitorean constantemente la zona del conflicto.

V

La complejidad de la zona cosmopolita de Washington difiere mucho de la distante zona desértica, donde lo complicado es la incertidumbre de la amenaza de los rebeldes y sus inesperados ataques contra los poblados. Ese panorama era también la preocupación del grupo de agentes que discuten los pormenores de los últimos acontecimientos en esos lugares.

Robert Alexander está en la oficina del Director junto con varios agentes. La agenda trata las preguntas sin respuestas que marcaron el ataque al cuartel y campamento de los rebeldes. Ese incidente cambiaba el panorama de las misiones y las futuras incursiones a la zona. La presencia de otro elemento bélico es un elemento a considerar.

–Señor Directos, ya le expliqué que ese tipo de señales son muy comunes y pueden confundir a los sistemas –explica Robert.

–Alexander, me quiere decir que hemos perdido el tiempo, enviando unidades y hombres a algo que usted considera señales inofensivas.

–Correcto, señor. Ese tipo de señal no corresponde a un equipo que posea la capacidad que se dice.

–De acuerdo, de acuerdo, se lo comunicaré a la central. Sólo que si ellos ordenan que investiguemos, es porque algo sospechoso ocurre –pausando–. Tomaré en cuenta su opinión. Retírense, gracias.

En pocos minutos Robert Alexander, el agente Smith y su compañero, el agente Adams caminan hacia su lugar de charlas y descanso, la pequeña barra, su cantina de las tardes. Ese sitio era el punto donde se reunían para compartir su tensión con una cerveza artesanal.

Ya tenían su lugar separado y al llegar ya el mesero les tenía las copas de su acostumbrada bebida.

–Compañero, creo que dejaste al Director desarmado. Entonces... ¿Por qué estás tan distante del trabajo? –comenta Smith.

–¡Sí, amigo! Eres muy competente en lo tuyo, pero tienes que dejar esto... –y levanta la copa de cerveza, mostrándosela a su amigo.

–Amigo... ojalá y pudiera. Este trabajo me tiene harto. Esto me alivia la tensión –concluye subiendo la copa de cerveza, riendo.

En ese momento aparece un avance de las noticias en la tv del lugar. Éstos hacen silencio y miran al noticiario.

–Buenas tardes, interrumpimos la programación para informar sobre el último incidente entre las tropas norteamericanas y uno de los grupos rebeldes no identificado en la zona norte de Afganistán.

Un ataque a uno de los campamentos dejó a la torre de control del grupo rebelde entre llamas. Informó el portavoz de las Fuerzas Armadas, el Comandante Graham, que lograron interceptar la señal de uno de los aviones UAV y enviarlo contra la torre de control rebelde.

Aparecen en pantalla las escenas del incendio del edificio y de los alrededores del campamento rebelde. La noticia deja a Robert Alexander y a sus compañeros agentes sin palabras, mirándose uno a otro, sorprendidos por la noticia. Eso no era lo que ellos conocían. El noticiario daba una versión diferente a la que ya ellos conocían.

En la zona residencial de los suburbios de la ciudad, en el sótano, en su refugio, los tres jóvenes compañeros están sentados en un sofá observando la tv transmitiendo la noticia del incidente del ataque a la base rebelde en Afganistán. Éstos se miran asombrados y ríen al escuchar la versión de los hechos.

–¿Qué...? ¿Están escuchando eso? –exclama Linda, riendo y señalando la tv.

–¿Cómo? ¡No puede ser! –se levanta riendo, haciendo ademanes y dando vueltas con las manos sobre la cabeza.

–¡No es posible! Se están atribuyendo el crédito de haber destruido el edificio. ¡Mentirosos! –exclama Will.

–¡Sí, son unos mentirosos, pero no importa! Así los rebeldes quedan como unos estúpidos –dice Jerry, riendo.

–Claro, eso quiere decir que no les importa que hayamos sido nosotros.

–¡No, no, Will! Sí les importa localizar a los autores del derribo del UAV. Ahora nos buscarán con más interés pues saben lo que podemos hacer.

–¿Es cierto eso Jerry? ¿Nos seguirán buscando?

–¡Sí, Will! Ahora con más personal. Nos asignarán a otro nivel de búsqueda. Seremos su blanco, su blanco equivocado, pero no me importa. Nunca nos localizarán, nunca.

–¡No, no puede ser! –exclama Will, nervioso, asustado.

–Pues sí, sí puede ser. Las divisiones de la CIA estarán detrás de nosotros día y noche –le responde Linda, dejando a sus compañeros en silencio, mirando la tv.

Aquella noticia les había hecho consientes de que las agencias de inteligencia no cesarían en su búsqueda de los autores desconocidos del ataque a los rebeldes. Independientemente hacia quiénes fue el ataque, la Alianza buscaría identificar la fuente que originó el avance bélico.

Los servicios de seguridad de las naciones envueltas en el conflicto estaban seguros de que sus países serían amenazados por los grupos rebeldes. Aquella afrenta directa contra su base militar era un golpe que éstos no perdonarían, lo que recrudecería las misiones terroristas.

En uno de los centros de mando rebelde, oculto en algunas ruinas de la inmensa zona desértica, varios oficiales rebeldes están reunidos. El tema de discusión es el reciente ataque a su base secreta, la destrucción de sus instalaciones, de sus abastos y de una de sus máquinas más sofisticadas.

El ambiente de la reunión es caldeado, hay mucho coraje entre ellos.

–¿Qué pasa con los técnicos? Están perdiendo el control estúpidamente. ¿Por qué no han identificado las señales? –inquiere molesto el comandante rebelde.

–Comandante, son señales con capacidad superior para decodificar nuestros sistemas de seguridad. Nos hackean los comandos de vuelo y no lo podemos evitar –responde el técnico.

–¿Quiere decir que no han podido hacer nada? ¿Por qué, por qué? –gritando, furibundo el comandante se levanta, camina entre ellos, molesto.

–Comandante, hemos enviado códigos contaminados, pero no les afecta. Están bien protegidos.

–Hagan algo... ¿Qué pasa con la identificación de las señales?

–Cuando intervinieron los comandos ayer, logramos capturar parte de las señales y codificarlas para identificación.

–¿Quiere decir que con eso podemos confirmar su localización?

–Así es, Comandante. Ya tenemos algo confirmado.

–Entonces comiencen a identificar las coordenadas. Enviaremos el comando de resistencia, los acabaremos –dando un puño sobre la mesa, concluye el militar la reunión.

El coraje de aquellos militares rebeldes era el motor principal de su venganza. Estaban dando inicio a lo que sería un incidente sin precedentes en aquel conflicto que no daba muestras de concluir, todo lo contrario, se complicaba y extendía más.

Las últimas palabras del técnico les daba aliento para llevar a cabo su siniestra revancha. Al parecer tenían evidencia que los llevaría al origen de las señales que provocaron la destrucción de la base.

EL tema del desconocido origen de los autores del ataque a los rebeldes era álgido. El resentimiento y el coraje ante la impotencia aumentaba, así también era preocupante y prioridad para las agencias de seguridad del bloque de la Alianza. La mayoría de las divisiones estaban en alerta máxima ante lo inesperado de los ataques terroristas.

De igual manera estaba latente entre los agentes del Buró la incertidumbre de un incidente de terror en cualquiera de las ciudades aliadas. Robert Alexander y el agente Adams estaban en su tiempo libre en su lugar acostumbrado, la pequeña barra donde conversaban sobre el tema, acompañándolo de unas cervezas.

–Alexander, compañero, ya viste lo que está pasando. ¿Cómo explicas eso de que el Buró tiene una alerta buscando unas señales que no sabemos ni siquiera lo que son?

–Compañero, si hay un código de alerta a la agencia, quiere decir que es algo de mucho impacto. Creo que tiene que ver con eso del derribo de los UAV rebeldes.

–Amigo, esto no me parece rutina –dice Adams, ansioso.

–No, no creo que sea rutina. Algo está pasando y me parece que las cosas se complicarán. Esos malditos rebeldes se entierran en la arena y aparecen donde menos te imaginas –y termina su cerveza.

–¿Qué crees que pasará? El Presidente anunció que retirará poco a poco las tropas de Afganistán.

–¡Sí, pero con este incidente de los UAV, creo que eso no será posible! Lo veo poco probable. Sería como darle paso libre a los rebeldes para salir a llevar el terror a los países aliados.

–Amigo, me preocupa el terrorismo de esa gente. Cada vez que le damos un golpe fuerte, aparecen mensajes con amenazas.

–¡Así mismo es, compañero! Si lo que está ocurriendo es lo que imagino, los próximos días serán de alerta máxima para la agencia.

La conversación de los agentes era el reflejo de la preocupación de la mayoría de los miembros a cargo de las divisiones de inteligencia a cargo de la zona de conflicto. Robert Alexander y el agente Adams conocían el campo de las alertas y ésta era una de alto riesgo, dada la magnitud del ataque al grupo rebelde. Era de esperarse las amenazas a las ciudades aliadas.

Mientras, el resto de las personas relacionadas con el incidente, aquel trío de brillantes jóvenes que habían incursionado en un campo tan complejo, de tantas repercusiones, inimaginables, continuaban ajenos a la gravedad de lo que se les acercaba. Su miembro líder del incidente, aquel chico de anónima presencia entre la población estudiantil, se encuentra en su casa. No se imagina lo que ocurre en las agencias de seguridad del país.

Jerry se prepara un sándwich en la cocina, acompañado de su madre que le reclama su asistencia a clases.

–¿Cuántas veces tengo que decirte que no está bien que dejes la escuela? Se supone que tenías clases. ¡Ya me tienes harta con esa actitud!

–¿Qué sabes tú si estoy bien o no en la escuela? A ti lo único que te importa es tener una botella cerca.

–¡No seas irrespetuoso! Además eso no es de tu incumbencia... esto me alivia y me tranquiliza... ¿Qué sabes tú lo que es sentirse como me siento? –le responde la madre con palabras entrecortadas.

–¿Sí... sí? ¿Cómo te sientes ahora? –y ante la pregunta, la madre exaltada, comienza a gritarle.

–¡Sola! ¡Sola! Pero qué te importa a ti cómo me siento si lo único que te importa es estar con tus amigos, en los estúpidos video juegos esos de guerra...

–¿Sola? ¿Que te sientes sola?

En ese momento entra Frank, el segundo esposo de Hellen, la madre de Jerry.

–¡Hola! ¿Qué pasa con ustedes? Afuera escuché la discusión.

–Nada... nada, lo mismo de siempre. Este muchacho siempre dándome dolores de cabeza. De la escuela llamaron otra vez diciendo que abandonó las clases. Ya no puedo más.

–Jerry... ¿Qué te pasa muchacho? ¿Por qué haces eso?

–¡Mira... déjame quieto y no te metas en mis asuntos! –y dando la vuelta sale a prisa y se marcha de la casa, dejando a la pareja en silencio.

Para aquel joven, su núcleo familiar, el que lo formó en sus primeros años, había cambiado de tal manera que no era funcional para él. La partida de su padre hacia las misiones militares provocó en éste un cambio emocional que se acrecentó con la llegada de otra pareja para su madre.

El espacio dejado por la figura paterna había desestabilizado tanto a madre como a hijo. La presencia de aquel desconocido, que no era su padre había trastocado su vida. Dejó de ser el chico alegre y extrovertido para encerrarse en sus libros, en sus video juegos y últimamente en la nueva tecnología del ciber espacio.

En esos momentos aparecen sus amigos Linda y Will, con historias que aunque diferentes, idénticas en ciertas carencias emocionales. Aquel detalle que resaltaba a flor de piel de cada uno, hizo que se identificaran uno con el otro.

Ése fue el resultado de una gran afinidad entre ellos, conocerse y ser los compañeros que se buscaban, se cuidaban y se entendían. De esa manera reconcilian sus mismos intereses, sus mismas preocupaciones y sus mismas aspiraciones.

Linda camina por el pasillo de la escuela, mirando a todos lados, buscando a Jerry. Es la hora de cambio de clases y los estudiantes cruzan de un lado a otro. Will se acerca corriendo hacia ella. Su rostro refleja ansiedad y nerviosismo.

–¡Linda... Linda! ¡Por favor, espera!

–¡Hola, Will! ¿Cómo estás?

–Bien... bien... Oye... ¿Has visto a Jerry hoy?

–No, no lo he visto. No asistió a la primera clase. ¿No sabes de él? –le inquiere la chica, preocupada.

–No, no sé nada. Siempre que llega nos encontramos y vamos a la cafetería, pero no lo he visto. ¿No te ha llamado?

–No, ni siquiera un texto. Will... algo está pasando, me preocupa...

–Estoy preocupado. Últimamente lo he visto muy callado. Por momentos reacciona muy agresivo... con mucho coraje...

–Me imagino lo que pasa...

–¿Te refieres a las discusiones con su madre?

–¡Sí! Me ha comentado varias veces los choques que tiene con ella. Por un lado el esposo, que siempre llega ebrio... –dice ella, haciendo un gesto de preocupación, de pena.

–Pero amiga... ella también lo hace...

–¡Sí... y eso es lo peor! Creo que eso es lo que lo tiene así tan alterado.

–Amiga... tienes que hablar con él.

–Will... ya estoy cansada de decirle lo mismo, pero las contestaciones son las mismas...

–¡Sí... sí! La falta de su padre... y para colmo esa fijación de entrar a los sistemas de los rebeldes.

–Eso me preocupa más, porque le puede traer problemas graves, más de lo que se imagina. Lo que estamos haciendo no es un video juego, es la vida real, son los conflictos más peligrosos que tienen al ejército y a la CIA en alerta máxima –dice Linda, ansiosa.

–Y el problema es que ya estamos envueltos con él... Linda, esto me pone nervioso. Tienes razón, nos estamos metiendo en la guerra real... y de eso no sabemos nada... ¡Nada!

–¡Lo sé, lo sé Will! Vamos, que llegamos tarde a la clase.

El fuerte lazo emocional que existía entre los tres jóvenes iba fortaleciéndose cada día, por eso la preocupación de un por el otro. Esa sensibilidad que los unía permitía que uno se preocupara por el otro, por sus estados de ánimos y por aquellas situaciones que los afectaba. Ése era un denominador único entre ellos, la solidaridad y ese amor fraternal que sin identificarlo existía.

En esos momentos uno de ellos, Jerry estaba enfrentando uno de sus traumas, una de sus caídas emocionales. Estaba enfrentando esa ausencia paternal, como en ninguna otra ocasión. Los últimos acontecimientos lo estaban acentuando, crecía de manera acelerada y él no lo podía evitar. Por eso escapaba, para refugiarse en su escondite donde encontraba la pausa dentro del agite.

Jerry está en el sótano, frente a las laptop. La tv está encendida, presentan las escenas del edificio en llamas mientras aparecen videos del UAV que provocó el ataque, en erráticas maniobras. Inmediatamente cambian las escenas a una transmisión en vivo donde un locutor describe lo que está ocurriendo en el aeropuerto.

Hay un movimiento de policías, de los grupos de SWAT y los vehículos negros del FBI. Entre reporteros, gente corriendo y policías, los miembros de las fuerzas especiales traen a un individuo esposado.

El reportero de tv reseña y explica el reciente incidente.

–Las autoridades no han confirmado de que el sujeto detenido sea Ahmed Saleen, uno de los miembros del grupo rebelde afgano. Una fuente del FBI negó la información diciendo que es seguridad nacional. Por otra parte se filtró un informe donde el FBI lo confirma como uno de los más buscados. Se detuvo a dos individuos más, sospechosos de ser su contacto al llegar –y así concluye el reportero, cambiando al noticiario regular.

Jerry está estático observando, si gesticular, el transcurso de lo que están reseñando en el noticiario. Aquel incidente era inesperado para él, pero no desconectado de lo que estaba ocurriendo con los rebeldes.

Aquello podría ser el inicio de su venganza por el derribo de su UAV y el ataque a su base. Todo le resultaba desconcertante, no sabía que pensar, estaba confundido. Necesitaba que Linda y Will llegaran. Ellos deberían conocer el incidente en el aeropuerto.

Como si la conexión entre los diferentes protagonistas de un evento próximo a ocurrir, Robert Alexander está en su motora Harley, cruzando por la avenida principal cuando recibe una llamada del agente Smith.

–Dime Smith... ¿Qué pasa? –hace pausa mientras escucha a su compañero agente– De acuerdo, cambio de ruta y llego hasta allá. Gracias, nos vemos.

Llegando a una intersección hace un giro y enfila su marcha hacia la dirección contraria. La información que le había dado su compañero agente le daba vueltas en su cabeza. No quería imaginar que se encontraría con un evento que no quería pensar. Sus sospechas crecían a medida que se acercaba al área de llegada de vuelos del Aeropuerto Washington-Dulles.

Deja la máquina en un área vegetal y corre hacia el pasillo que conduce al área de llegada internacional. Evadiendo la gente que cruza de un lado a otro, asustada por el amplio movimiento y con su placa mostrándola para abrirse paso, llega al área de inmigración.

Varios oficiales intentan detenerlos, pero al mostrar la identificación y placa le abren paso. Entre el movimiento de periodistas y el movimiento de agentes se encuentra con el agente Smith que le hace señas desde lejos.

–¡Hola...! ¿Qué está pasando aquí? –pregunta ansioso.

–No sé exactamente lo que ocurre. Sólo que los superiores están en la oficina de inspección. El Director me ordenó que lo acompañara, por eso te llamé.

–¿Ya sabes si confirmaron la identidad del individuo?

–Nada... nada. Toda la información llega lenta. Sólo se sabe que coincide con uno de los más buscados por la CIA y la Alianza, Ahmed Saleen.

–Sí, he visto su foto en los archivos. Es uno de los cerebros de los comandos especiales de los rebeldes.

Entre la gente, irrumpe a prisa el Agente Adams y se dirige a ellos. Se encuentra exaltado, ansioso.

–Compañeros, el Director los quiere ver, vamos, vamos, de prisa. Nos esperan.

Mostrando las placas los tres agentes cruzan entre los periodistas, policías y agentes hasta llegar a una oficina. De ésa pasan a otra donde se encuentra el Director.

–Muchachos... tenemos mucho trabajo. La CIA se encargará de unas investigaciones y a nosotros nos tocó otra. No es la de más acción, pero puede ser peligrosa –concluye la frase entregándoles unas carpetas a cada uno–. Ahí encontrarán los informes de la vigilancia de unos sospechosos que estarían en contacto con el sujeto.

–Señor... ¿Ya confirmaron que el individuo es Ahmed? –inquiere Robert Alexander.

–Afirmativo. No hay dudas de que a este sujeto lo esperaban dos de sus contactos. A esos ya los tiene la CIA. A nosotros nos toca localizar a los contactos de estos dos, procedencia, lugares de reunión, amigos, familiares... Todo, todo sobre ellos. Ahí está el resto de la investigación.

–De acuerdo... pero, Señor... ¿Tendremos acceso a los interrogatorios de Ahmed? –pregunta el agente Smith.

–Por supuesto, pero no en este momento. Más tarde la solicitamos. Vamos a trabajar.

–Señor... Comandante... ¿Podemos entrar a la sala donde tienen al sospechoso? –interviene Robert Alexander para preguntar.

–Alexander... usted siempre tan impetuoso. No, en estos momentos le pertenece a la CIA y a Seguridad Nacional. Después lo veremos...

Esa respuesta del Director al agente Alexander no le complacía. Siempre pasaba lo mismo cuando se trataba del tema de los terroristas rebeldes. Su disciplina dentro del Buró siempre le indicaba que debería seguir instrucciones, aunque sabía que algo de suma gravedad se acercaba. Algo estaría pasando pronto. Su experiencia en el Medio Oriente le decía que ése era el estilo de esos grupos. Deberían estar preparados para lo inesperado.

Así mismo estaba Jerry, ansioso y presintiendo que algo grave estaba próximo a ocurrir. Llevaba varias horas en el sótano, frente a las laptop, atento a lo que ocurría, al movimiento de las redes del grupo rebelde. Las pantallas muestran mucha actividad de gráficas y datos.

Sólo algunos MIG de combate están en vuelo. Los centros de control de los UAV están inactivos.

–¡Malditos... malditos! ¿Por qué no activan los UAV? ¡Hijos de perra! –exclama en voz alta, dando puños varias veces sobre el escritorio donde están las máquinas, cierra las laptop con coraje, se levanta y sube corriendo la escalera.

Esa reacción era el reflejo de su animosidad y del coraje que sentía hacia las acciones del grupo rebelde. Esperaba por ellos, por lo que estarían haciendo para volver a desajustar y descontrolar sus maniobras, obligarlos a perder sus aeronaves.

Llega hasta su habitación y entra molesto, se tira a la cama con desgano y coraje. Aprieta las almohadas sobre su rostro con fuerza, sollozando. Lo que él no se da cuenta es que la madre aparece a sus espaldas, mirándolo en silencio. Es ella la que interrumpe.

–Jerry... ¿Por qué no estás en la escuela? ¿Puedo saber por qué estás en la casa y no en clases?

Jerry no contesta, se vira de lado y se cubre con las almohadas. La madre se acerca a su lado.

–Mira Jerry... ¡Escúchame! Te repito la pregunta... ¿Por qué no estás en la escuela? ¿Qué pasó? ¿Por qué lloras?

Éste no responde, se mantiene en silencio, lo que la madre, al ver su reacción se sienta lentamente a su lado. Esta vez le habla tierna.

–Jerry... hijo... ¿Por qué no me contestas? ¿Te pasó algo en la escuela? –le dice pasando su mano suavemente sobre su espalda.

–¡Déjame... déjame! ¡Vete! Quiero estar solo, déjame solo, déjame, vete por favor –le dice sollozando.

–Hijo... ¿Tuviste algún problema en la escuela?

–¡No quiero hablar! ¡Ya, déjame quieto! No quiero hablar, te dije... vete por favor –le responde levantando el volumen de la voz.

–¡Oye... ! ¿Por qué me gritas? Contesta la pregunta... –pero ante la pregunta, Jerry se levanta abruptamente y la mira fijamente.

–¿Por qué no preguntas la razón de mi malestar, por qué estoy triste en vez de preguntarme por las clases?

–Pues... porque... –y no articula palabras, se queda en silencio.

–¿Te das cuenta? ¿Por qué crees que estoy así? Eso no te importa... no te importa... –concluye sollozando.

–Bueno... Hijo... ¿Quieres que hablemos después? –y hace una pausa esperando por él, pero Jerry no contesta, sólo solloza– Hijo... no sé que te pasa, pero estaré en la sala por si deseas hablar.

Hellen se levanta lentamente de la cama y se retira del cuarto, sin dejar de mirarlo, triste, compungida y apenada. Aquel era uno de esos momentos donde madre e hijo chocaban y enfrentaban su dolor y su tristeza, su soledad, pero sin hablarlo, sin expresar lo que realmente les laceraba sus emociones.

Ambos compartían la misma pena de aquel conflicto que en lejanas tierras desérticas les había arrebatado a la figura central de la familia.

Lo que el joven no imaginaba era que su acción de penetrar los sistemas de defensa del cuartel rebelde y haber hecho estragos con su UAV, tratando de desahogar su pena, en esos momentos estaba actuando y tomando venganza. Un incidente en las inmediaciones del estacionamiento del Aeropuerto Washington-Dulles amenazaba con convertirse en una grave tragedia.

La camioneta SUV del Buró frena abruptamente, Robert Alexander y el Agente Adams bajan apresurados. Corren hacia el grupo de curiosos y la policía hasta llegar al lado de las fuerzas tácticas de explosivos del FBI. Varios técnicos están en un auto bomba tratando de desarmar el explosivo.

–Agente Smith... ¿Qué pasa aquí? –pregunta Alexander.

–Al parecer los sujetos que esperaban a Ahmed Saleen, estaban preparados por si los apresaban y trajeron un coche bomba. Los desgraciados lo activaron a través de un celular.

–¡Malditos, hijos de perra! –exclama el Agente Adams.

–¿Y qué pasa con los técnicos de explosivos? ¿Llevan mucho tiempo ahí? –Pregunta Robert Alexander.

–Compañero... llevan más de diez minutos adentro. Ven, vamos a acercarnos para que veas lo que ocurre dentro del vehículo –y en una pantalla aparecen dos técnicos tratando de desarmar la bomba.

–¡Cielos... es una de programación a distancia con doble sensor! ¿Cuánto tiempo les queda?

–Mira el cronómetro... apenas algunos cinco minutos –responde el Agente Smith.

–¿Cuánto? ¿Tan poco? ¡Mira las conexiones... hay explosivos como para volar el aeropuerto completo! –exclama el Agente Adams.

–¡Oye... creo que debemos empezar a orar! Mira las luces de los cronómetros de la bomba. No nos dará tiempo salir de aquí a salvo –añade Robert Alexander.

–Vamos a esperar que se apresuren...

–O a esperar que todo esto vuele en pedazos...

De pronto hay un gran movimiento de agentes y la policía. Comienzan a sacar a los curiosos, a la prensa que llegaba en esos momentos, desalojando el lugar. El reloj avanza y los técnicos no terminan de analizar cómo desarmar la bomba.

–Compañeros... creo que debemos salir de aquí. Apenas faltan tres minutos... miren el cronómetro –dice enfático el Agente Adams.

–Amigos... creo que me marcho de aquí. ¡Ahora mismo! ¡Vamos! –dice el Agente Smith, corriendo a un vehículo.

Robert Alexander no se mueve, mira fijamente la pantalla.

–La van a desarmar... les queda poco por hacer –dice calmado.

–¡Vamos amigo! ¡Vámonos, no tenemos tiempo! Eso va a estallar –exclama Adams, sale corriendo detrás de Smith.

Robert Alexander no se mueve. Está seguro que los técnicos están a punto de desarmarla, es cuestión de segundos. De momento uno de ellos hace una expresión de júbilo, lo lograron. Desactivaron la bomba, la neutralizaron. Éstos gritan de alegría y Alexander también.

–¡Sí, sí, lo hicieron! ¡Lo hicieron, lo sabía! ¡La desactivaron!

Todos se miran en silencio, algunos están en el piso, otros detrás de los autos y al unísono todos comienzan a gritar jubilosos. Estaban fuera de peligro. Sus compañeros que salían, al escuchar las expresiones se detienen y bajan de los vehículos gritando alegres.

Aquellos últimos minutos habían sido de extrema tensión, de una tortura mental que hacía años, desde que estaban en plena acción en Kosovo, en las tierras de Irak o en las zonas de conflicto de Afganistán no se sentían bajo tanta presión sicológica.

Luego de todas las inspecciones, los agentes comentan los detalles para salir en caravana hasta su lugar de encuentro. La pequeña barra les esperaba con unas cervezas frías, las que les ayudaría a bajar la tensión y el malestar de las últimas horas. Lo necesitaban.

–Oye, Robert... ¿Por qué te quedaste? ¿No viste la cuenta del reloj? Apenas quedaban minutos –pregunta Adams, sonriendo.

–¡Sí, oye...! ¿Qué estabas pensando? ¿Querías morir en la explosión? –interviene Smith a los comentarios de su amigo.

–Ustedes son unos exagerados... –responde Alexander, a la vez que levanta el vaso de cerveza y toma hasta acabarla.

–¿Exagerados? ¿Estás loco? Faltaban tres minutos cuando corrimos. Apenas teníamos tiempo de retirarnos del estacionamiento.

–Amigo... Eso no fue accidental.

–Claro que no. Algo grave está pasando, porque Ahmed Saleen es uno de los cabecillas de más poder entre los rebeldes –expresa Robert Alexander, con firmeza, consiente de lo que afirma.

–¡Sí, estoy de acuerdo contigo, compañero! Ese auto bomba fue bien planificado, bien coordinado por si algo no salía bien.

–Amigo... ¿Viste que rápido apareció la CIA con sus sabuesos? –añade el Agente Smith al comentario.

En ese momento el celular de Robert interrumpe la amena conversación, éste lo contesta de inmediato.

–¡Hola! Señor Director... sí... sí... están aquí conmigo... de acuerdo –y le hace señas a sus compañeros para que le sigan.

Ya saben lo que ocurre cuando el Director les llama directamente, significa que al momento tienen que salir a su encuentro. Algo de suma importancia está ocurriendo, de otra manera él no los estaría llamando con tanta urgencia. Los tres agentes se levantan y salen a toda prisa hacia la SUV de Smith.

–¡Oye... mi Harley! –grita Robert Alexander.

–Enviamos a los sabuesos a buscarla –dice Smith riendo.

En pocos minutos ya están cruzando la avenida para llegar al edificio de las oficinas del Buró.

–Amigo... ¿Por qué no le preguntaste al Director la razón de la prisa? –pregunta Smith.

–¡Sí, se supone que ya estábamos fuera del horario de trabajo! –añade Adams.

–Compañeros, me dijo que llegáramos a una dirección. Algo grave pasa, porque el Director me dijo que sólo confiaría en nosotros.

–¿Está solo?

–No... está con dos agentes de la CIA.

–¿De la CIA? ¿Por qué de la CIA? –pregunta Smith, sorprendido ante la respuesta de su amigo.

–No sé, me dijo que llegara a la dirección que allá me explicaba.

–Amigo... esto no me gusta... –y así concluyen el tema, cada cual mirando hacia la avenida y al tráfico.

La SUV se desplaza por la avenida con rapidez, cruza por unas calles hasta llegar al área acordada. Es un lugar de edificios abandonados y hay poca luz, los focos están apagados. Frena abruptamente, cerca está una camioneta. Pasan segundos cuando el vehículo le encienden y apagan las luces.

Eso les resulta extraño, pero la experiencia les decía que se acercaran. Lentamente el Agente Smith acerca el vehículo y se estaciona al lado. Identificaron la SUV como las del Buró. Con cautela bajan y caminan hasta ésta.

–Joseph... ¿No te parece extraño que nos hayan citado en este lugar? –pregunta Robert Alexander.

–¡Sí...! Estamos en la zona donde resides... –responde Adams.

–Esto está raro... –susurra Smith.

Con cautela y sus manos cerca de las armas, caminan despacio hacia el vehículo, que al instante le abren la puerta. Éstos se miran entre sí, como solicitando aprobación cada uno para entrar. Robert Alexander toma la iniciativa y sube, pero cuán grande la sorpresa al ver entre luces tenues y la cantidad de pequeñas luces de los equipos están dos agentes de la CIA, sentados con el Director frente a varias pantallas. Éstas transmiten diferentes escenas que cambian con rapidez.

–Buenas noches... –dice Robert Alexander.

–Buenas noches, señor... –añade Adams.

–¡Hola, muchachos, acomódense! Tomen asiento y vean las pantallas.

Los agentes se acomodan, todavía mirándose entre sí por lo poco casual de la presencia de los agentes de la CIA. Algo de un carácter muy confidencial y de alerta máxima estaba aconteciendo ya que esa no era la norma. Era la primera vez que asistían convocados por el mismo Director a un tipo de reunión como esa y bajo esas condiciones de confidencialidad y en un lugar como aquel.

Las pantallas están transmitiendo en vivo varias escenas de diferentes ángulos, donde aparecen dos sujetos en un auto. Están a varios metros de la casa de Jerry. Al parecer están vigilando o en espera de algo. Robert Alexander es el primero en reaccionar al ver las escenas.

–¿Qué está ocurriendo? Ésa es mi casa. ¿Qué hacen esos hombres?

–Por eso te pedí que llegaras. Estamos vigilando a los sujetos de ese auto hace varios días. Están en la lista de alto riesgo de la Alianza –responde el Director.

–¿Y por qué están frente a mi casa? ¿Qué pasa, señor? ¿Me buscan? ¿Por qué?

–Calma, Alexander, no pasa nada contigo ni con tu casa... el problema lo tienen tus vecinos.

–¿Mis vecinos? ¿Por qué? Es la esposa de un amigo caído en Afganistán que vive con su hijo adolescente.

–¿Tiene esposo? ¿Los conoces bien?

–¡Sí, señor, los conozco bien! Compartíamos bien antes de que su esposo cayera en acción.

–Bien, cambiemos la pregunta... ¿Tiene algún amigo la señora?

–Sí, vive con ella un hombre. No lo conozco bien. Sólo nos saludamos al salir. Aparentemente es tomador. Lo he visto llegar tambaleándose, ebrio. Luego escucho discusiones, pero hasta ahí, no sé nada más.

–¿Y la señora? ¿qué hace?

–Nada... es ama de casa, pero aparentemente, después de la pérdida de John, cambió su carácter. Era muy conversadora... amable. Ahora es otra persona. Toma mucho, siempre está ebria... me da mucha pena. Los quise ayudar, pero no me lo permitieron...

–Agente Alexander... entonces descartemos a la señora. ¿Y el jovencito... estudia?

–¡Sí, estudia! Tiene 16 años y es un buen chico, por cierto muy brillante. Quedó muy afectado por la pérdida de su padre. Eran muy unidos.

–Compañero... pues creo que ya tenemos la razón por la que estos individuos están aquí.

–Señor... ¿Qué está pasando? ¿Están vigilando a esa familia?

–No a la familia... al jovencito.

–¿Al jovencito? ¿A Jerry? Ese chico es tranquilo. ¿Por qué a él? Es un chico bueno...

–Agente... ¿Sabe que los hackers más hábiles son jóvenes y que muchos de ellos han ingresado en los sistemas más herméticos de la defensa de muchos gobiernos?

–Sí, señor, eso lo entiendo. Tiene razón... La misma agencia ha sido intervenida y descontrolada por hackers.

En ese momento el técnico de la CIA los interrumpe.

–Señor, creo que hay movimiento.

–¡Active el código de alerta enseguida! Prepárense que tenemos que salir. Solicite refuerzos y active la clave de los especialistas. ¡Pronto! Alexander... Adams... Smith... ¿Listos?

Esas palabras eran el alerta que los agentes esperaban de su Director. La urgencia y el hermetismo del llamado era sintomático de que algo importante estaba tomando forma. Les faltaban detalles, pero la simple explicación de su líder eran suficientes para prepararse y estar listos para entrar en acción.

Robert Alexander, seguido por los demás agentes bajan corriendo de la camioneta con armas en mano. Los individuos armados y con capuchas corren hacia el patio trasero de la casa. La camioneta del Buró se acerca rápidamente y enciende las luces hacia éstos.

Al verse descubiertos, los individuos responden con fuego hacia la camioneta, iniciándose así el fuego cruzado. De otro lado de la casa aparece un sujeto disparando a los agentes. Éste se encuentra cerca de la ventana del sótano. La luz está encendida y al instante rompe el cristal para entrar.

Jerry está frente a las laptop en las redes de los rebeldes. Al escuchar los disparos y los cristales rotos, apaga inmediatamente las luces, se levanta y corre a esconderse. Sólo que el sujeto lo vio correr a esconderse y se lanza sobre él, alumbrándolo con una linterna y apuntándole con un arma. Le ata las manos y lo amordaza. Empujándolo lo lleva hasta la ventana. El chico forcejea, pero la fuerza del individuo se impone y lo saca al exterior.

El intercambio de disparos entre los agentes y los sujetos continúa, lo que el individuo que tiene a Jerry aprovecha para cruzar por el patio de la otra vivienda. A pocos pasos tiene un auto y forcejeando con el joven, lo encierra violentamente en el baúl. Rápidamente sube y sale acelerando a toda prisa, abandonando el lugar sin que los agentes se percaten del escape de éste, secuestrando al chico.

Continúa la balacera, uno de los sujetos cae, pero sus compañeros van corriendo hacia el patio trasero y cruzan hasta otra vivienda, donde les esperaba otro auto. Los agentes corren tras ellos, no se detiene el intercambio de disparos, pero aún así los individuos logran escapar del lugar.

–¡Vamos, entraron al patio de la casa! ¡Corran! –ordena el Director, exaltado.

–De prisa compañeros, ¡Es la casa de Jerry, mi vecino! –exclama Robert Alexander.

Los agentes de la CIA corren al patio y lo rodean. Robert Alexander y los demás llegan a la casa y la puerta está abierta. Sorprendidos, entran corriendo a la casa, encienden las luces y llegan hasta los cuartos. Hellen, la madre está en el piso, a su lado está el esposo.

–¡Dios mío, ésos fueron disparos! Debe estar en el sótano. Se queda en los video juegos –responde Hellen.

–¡Vamos... al sótano!

Robert Alexander y los agentes corren al sótano. Al llegar, encienden la luz y empujan la puerta lentamente. Bajan la escalera mirando a todos lados, buscando a Jerry, pero él no está.

–¡Jerry... Jerry! ¿Dónde estás? –exclama Robert Alexander.

–¡Robert, mira esto! –dice Adams, señalando la ventana rota.

–¡Oh, no! ¡Se lo llevaron, se lo llevaron!

–¿Se llevaron al chico?

–¡Sí, sí, se lo llevaron!

–¿Ya viste las paredes? –pregunta Adams, señalando al los recortes y las fotos de las paredes.

Robert Alexander mira las paredes, sin emitir palabras, su rostro refleja sorpresa, confusión.

–Sí... pero desconocía esto –responde, pensativo.

En ese momento el Director y los demás agentes entran exaltados.

–¿Qué pasó con el chico? ¿Dónde está? –pregunta el Director, pero Robert Alexander está mirando fijamente a la pared.

–Se lo llevaron, señor...

–¿Cómo? ¿Se lo llevaron? ¿Por dónde salieron?

Robert le señala la ventana, llega hasta ésta y toma un pedazo de vidrio y lo muestra.

–¿Rompieron... rompieron la ventana? ¿Y por ahí escaparon?

–Señor... ¿Y los sujetos? –pregunta Adams.

–Huyeron por la parte de atrás de la casa. Encontramos un hueco en la verja. Tenían dos autos listos para escapar. Lo tenían todo bien planificado. Así se llevaron al chico.

–Señor... ¿Ya vio la pared?

–¡Sí... sí! –responde sorprendido al ver los recortes.

Mientras el Director examina los artículos de las noticias, las fotos y los mapas.

–Agente Alexander, tenemos que hablar. Adams, llama a evidencias, que vengan. ¡Rápido!

–¡De inmediato, señor! –responde Adams.

–Vamos, agente. Tenemos que hablar con la madre del chico. Tiene que responde a ciertas preguntas.

Ambos suben lentamente la escalera. Hellen y el esposo están sentados en un sofá. Los agentes de la CIA están con ellos. Llegan agentes, técnicos y comienzan a desplazarse por la casa. Buscan huellas, evidencia, algo que les pueda ayudar en la investigación.

El Director y Robert Alexander llegan hasta ellos. Los miran fijamente, como si esperaran una explicación. Hellen está asustada, nerviosa, todavía con los síntomas del alcohol.

–¿Hablaron con él?

–Jerry no está, Hellen –dice Robert Alexander, serio.

–¿Cómo que no está? Él no sale a esta hora. Siempre se queda en el sótano con sus computadoras y sus video juegos.

–Hellen... no está, se lo llevaron.

–¿Cómo...? ¿Pero... quién? No ha salido. Nadie entró, ni siquiera Linda o Will.

–Lo secuestraron. ¿Escuchaste los disparos?

–¡Sí, sí, escuché disparos!

–Los que dispararon... ellos se lo llevaron. Rompieron la ventana del sótano y lo secuestraron –explica Robert Alexander.

–¡No, no... no puede ser! ¡No se lo pueden llevar! ¡Es mi hijo, lo único que tengo, mi hijo! –exclama Hellen alterada, nerviosa.

–¡Señora Douglas... Señora Douglas... cálmese! Responda unas preguntas, por favor.

–¡Sí, Hellen, cálmese! –le dice Robert Alexander.

–Sí... sí... diga usted... diga... responde acongojada, nerviosa.

–Señora... ¿Usted sabía lo que hacía su hijo en el sótano, aparte de los video juegos?

–¡No... no, señor! Sólo estaba con los video juegos.

–¿Y usted sabía porqué tenía las fotos y los recortes de noticias en las paredes? ¿Sabe de qué hablo? ¿Los vio?

–¡Sí... sí, pero sólo me decía que las tenía ahí por su padre! Se lo recordaban... que no quería olvidarlo.

–¡Sí, ya entiendo! Disculpe señora, pero tendrá que acompañarnos. Necesitamos hacerles otras preguntas.

–Sí, sí... ¿Pero, quiénes eran esos hombres? ¿Por qué se lo llevaron? ¡Mi hijo, mi Jerry!

–Vamos Hellen, acompáñenos. Vamos a buscarlo, lo encontraremos. Además, aquí están en peligro –le dice Robert Alexander, tomándola suavemente por el brazo.

–¡Robert... Robert...! ¿Qué pasó con mi hijo? ¡Dime qué le pasó –grita Hellen, desesperada, fuera de control.

–¡Cálmate Hellen, cálmate! Lo vamos a encontrar, no te preocupes. El Buró ya sabe quiénes lo tienen.

Robert trata de controlar a la descontrolada madre. Su desespero por la desaparición del hijo es una escena que le estremece en su interior, le remueve sus duros recuerdos vividos en varias ocasiones en el Medio Oriente.

Aquel secuestro inesperado del joven que había perdido a su padre en un combate en Afganistán, de aquella madre que pierde a su hijo en circunstancias que todavía no entiende, son otro duro golpe de los rebeldes afganos.

Para Hellen las respuestas de su vecino Robert, al que ella conocía por ser un reconocido agente y veterano de guerra, no la consolaban. No entendía lo que estaba ocurriendo, no sabía lo que representaba el secuestro de Jerry.

Ésta no se imaginaba las consecuencias de lo que su hijo estaba haciendo, en qué incidentes se envolvió para que aquellos desconocidos llegaran hasta él.

Aquel doloroso encuentro del veterano agente con su atribulada vecina, lo comprometía una vez más con aquellas vivencias que se negaban a desaparecer y dejarle tranquilo. El veterano agente no se imaginaba que sus angustiosos recuerdos regresarían, pero para comprometerlo con aquellos grupos terroristas en un incide diferente, con otras consecuencias, jamás imaginadas por él.

Se aproximaban momentos de mucha tensión, como jamás los había experimentado. Los siguientes incidentes pondrían a las agencias de seguridad nacional en una encrucijada histórica, como ninguna. Aquellos rebelde que secuestraron a Jerry tenían brazos largos, capaces de estremecer profundamente a los servicios de inteligencia.

Se estarían enfrentando a un incidente de otras dimensiones, de otro estilo, de otros alcances. Una forma de combate nueva, de otros matices y detalles se acercaba. La misma tecnología que había permitido identificar y evitar los atentados de aquellos grupos que difundían y esparcían el terror, ahora se escudaban en una modalidad de ataque que las agencias no imaginaban. Los subestimaban, no los consideraban capaces de llegar a tales niveles de modernidad.

VI

La avenida está congestionada por el tráfico que se desplaza con la típica prisa citadina. Es la hora pico de la noche. La SUV del Buró cruza entre un vehículo y otro con las luces intermitentes, indicio de la emergencia de una agencia de gobierno.

Los demás autos se mueven al lado para dejarle la vía libre. Ese tipo de vehículo era conocido por los capitalinos. Sabían que pertenecían a las agencias de seguridad, de inteligencia, de defensa, por eso la deferencia hacia éstos.

Robert Alexander está sentado junto al Director, los agentes Adams y Smith le acompañan. La conversación y el ambiente son tensos. El incidente en la casa de Jerry con los individuos que lo secuestraron, la reciente situación del auto bomba en el aeropuerto y la incertidumbre de los ataques cibernéticos a los centros de mando de los rebeldes en Afganistán los mantenía en un estado de ansiedad y tensión.

–Alexander, imagino que tendrás muchas preguntas –rompe el denso silencio el Director.

–Sí, señor. Conozco al muchacho desde niño. Su padre murió en una misión en Afganistán. Quedó muy afectado, su madre también... y ya la vio.

–Bien... pero... ¿Cómo explica los recortes de periódicos y fotos en las paredes? Entiendo las fotos de su padre... pero y las otras.

–Creo que quedó tan afectado, que desarrolló una patología hacia el conflicto... Quizás por eso las noticias sobre todo lo que pasaba allá.

–¿Se dio cuenta que aparte de las noticias, había fotos de aviones no tripulados? ¿Por qué tantas, de diferentes modelos?

–Las vi, señor y también me provocaron preguntas.

–Esto se complica, Alexander.

En pocos minutos el vehículo se interna por una entrada restringida del edificio sede del FBI. Con agitada prisa los agentes bajan para ingresar en un ascensor que los conduce al laboratorio forense. Los técnicos ya estaban con la evidencia en las diferentes facilidades examinando minuciosamente cada objeto.

Varios técnicos tienen las laptops de Jerry y están examinando cada archivo y su contenido. Parecen sabuesos de una sofisticada tecnología buscando en un mar infinito de información. Otro grupo está montando el rompecabezas de las noticias, fotos, diagramas y mapas en el mismo orden y en la misma forma que el joven los tenía en el sótano. En pocos minutos ya tenían una maqueta a escala humana del sótano, con el mismo espacio y los mismos recursos, con los mismos equipos que él utilizaba.

Pasaron varias horas donde los técnicos trabajaban sin parar, con increíble fluidez y precisión. A cada rato afloraban datos e información de la actividad que Jerry había llevado a cabo, con horarios, fechas y la duración del ejercicio. Aquello era el retrato de una bitácora abierta, como la información de una caja negra.

–Alexander, los resultados de la revisión del disco duro de las laptop indican que este chico es un genio de las computadoras. Lamentablemente, se había convertido en un hábil hacker –dice el Director, señalando los datos de una de las pantallas.

–Sabía que le gustaban los video juegos, incluso, antes de la muerte de su padre, me comentó muy contento que se había inscrito en unas competencias importantes.

–Sí, ya lo investigamos y sabemos que ganó el primer lugar. Fue en New York y había competidores de muchos lugares del mundo. Sólo que hay muchas interrogantes.

–Sí, eso lo supe, pero también siento que hay demasiadas interrogantes, muchas cosas que no tienen explicación.

–Necesitamos completar el proceso de examinar la evidencia del sótano para ver si trabajaba con alguien, o si era parte de alguna red. Recuerda que ahora es muy común este tipo de hackers que entran en cualquier sistema.

–Señor, ya examinamos su celular, sus correos electrónicos y sus contactos. No aparecen llamadas extrañas, sólo las de sus amigos de la escuela –interviene uno de los técnicos.

–Sus amigos, señor. Debemos localizarlos –dice Alexander.

–Sí, ya los localizaron. Es una chica, Linda Evans y un joven de su misma edad, Will Phillips. Asisten a la misma escuela.

–Quisiera estar en los interrogatorios, señor.

–¡Claro, te necesitamos! Vamos a ver si ya están aquí.

Al cabo de una hora de ver y examinar la evidencia, los datos y programas de los equipos de Jerry, el Director y Robert Alexander se trasladan a otra de las divisiones. Se dirigen al área de interrogatorios donde se encuentran Linda y Will.

Caminan de prisa. Ambos están ansiosos por interrogar a los chicos, pero Robert Alexander tiene muchas interrogantes, quizás diferentes a las del Director. Conoció al padre del muchacho, además de ser su vecino, era su amigo, por lo que existían unos lazos especiales, más que un interrogatorio del Buró, para él era significativo.

Necesitaba saber los motivos del secuestro del chico, qué relación había entre él y aquellos sujetos que las agencias lo tenían señalado como enlace de los rebeldes terroristas. Tenía dudas sobre su capacidad sobresaliente en el ciber espacio, en su genial destreza en ese campo. Algo había pasado por alto después de la muerte del padre del joven y él no se lo perdonaría.

Dos agentes hacen el interrogatorio habitual a Will. Robert y el Director los observan a través del grueso cristal. Miran fijamente las reacciones del chico. Ese lenguaje corporal, sus gestos y ademanes brindarán otras respuestas, tan importantes como las respuestas que le da a los agentes. Está nervioso, asustado y ansioso.

Se nota que tiene miedo y en algún momento expresará algo que les indique una pista a seguir, algo que les señalará el motivo del ataque y secuestro de Jerry.

–¿Conoce al chico? –cuestiona el Director.

–¡Sí, es del mismo vecindario! Su padre está activo en Irak. Quizás eso sea lo que los una –responde Robert Alexander.

En ese momento, entra un técnico y le entrega unos documentos al Director. Éste los mira con detenimiento y hace un gesto de sorpresa.

–¿Esto lo encontraron ahora?

–Sí, señor. Estaba muy escondido. Tenía varias combinaciones extrañas de logaritmos, pero las pudimos descifrar.

–Alexander, acompáñame, vamos.

Ambos caminan hasta el área de investigaciones, dirigidos por el técnico. Al llegar van directamente a la zona de las pantallas donde se mostraban una serie de gráficas y combinaciones de cifras y símbolos. Aparecen escenas de los incidentes de los UAV.

–¿Se dio cuenta de la cantidad de combinaciones y fórmulas, señor? –le señala el técnico de evidencias.

–¡Sí, me di cuenta! ¿Qué opinas de eso, Alexander?

–Señor... Jerry es un chico bueno. No entiendo la razón de que esas escenas estén en su laptop.

–Ya ves... Esa es la evidencia de que estaba envuelto en algo peligroso. Ahora hay que ver de qué manera estaba conectado con esos sujetos.

–Pero... lo secuestraron. Algo estaba pasando. Alexander, esto es de graves proporciones. Tengo que informar al Secretario de Defensa. El Director de la CIA ya tiene conocimiento.

–Señor... pero nos quitarán de la investigación. Ya sabe como son ellos. Me preocupa el chico.

–Ya sé, me preocupa y me molesta, pero así funciona esto –reafirma el Director –caminando de un lado a otro, frota sus manos–. Vamos, vamos a ver que ocurre con los chicos.

Los agentes caminan por el amplio pasillo hacia la sala de interrogatorios donde se encuentran Linda y Will. Para Robert Alexander aquellas últimas horas habían estremecido su apagada rutina en el Buró. Aquel jovencito no era un caso de investigación más, no era una cotidiana pieza de la maquinaria de inteligencia.

Representaba un regreso a muchos recuerdos duros, densos, tristes que había cubierto con una dura coraza para evitar que le lastimaran. Ahora resultaba que la aparente fortaleza impenetrable de ésta, se resquebrajaba, frágil y cristalina ante en evento que lo conectaba nuevamente con aquella estremecedora realidad.

Eran muchos los elementos que penetraban esa adolorida memoria. Todavía mantenía vivos los recuerdos de su compañero de las fuerzas armadas, del vecino, del amigo que en un compartir en el patio, con unas cervezas veían al chico Jerry correr de un lado a otro, inocente e ingenuo ante lo que le deparaba el futuro.

Esos momentos agradables, de mucha amistad y fraternidad estaban todavía presentes. El atenuante que los convertía en algo triste era el presente incidente, la incertidumbre ante lo que podría estar ocurriendo con el jovencito al cual vio crecer.

Robert y el Director entran a la sala donde están Linda y Will. Los jóvenes están callados, nerviosos, asustados y al ver entrar al Director y al vecino de su amigo, sus rostros palidecen. Se toman de la mano, como si buscaran protegerse de esa manera.

–Chicos, ya saben que esos sujetos tienen a Jerry. Lo secuestraron, lo tienen y su vida está en peligro. Así que necesitamos todos los detalles de lo que pasaba, desde que empezó a hackear las señales de los rebeldes, de la red de la fuerza aérea, de los ataques... de todo –les explica Robert.

Ambos están en silencio, sin emitir palabras, no responden. Will está descontrolado, con manos temblorosas, nervioso. Los ojos de Linda están llorosos, no se mueve, rígida.

El Director no habla, está a varios metros, separado de ellos, observando, con las manos a sus espaldas. Robert continúa hablando.

–A ver chicos... Necesito que me expliquen todo. De otra manera no podremos encontrar a Jerry. No teman. No les pasará nada.

Will y Linda escuchan atemorizados y nerviosos, se miran, ella le aprieta la mano y le asiente con la cabeza, como autorizándolo a hablar.

–Señor Alexander... siempre le decía a Jerry que eso era peligroso, pero él no hacía caso. Insistía que tenía que acabar con ellos.

–¿Acabar con quién? ¿Con los aviones... o con los rebeldes?

–¡Con los dos... con los dos!

–Linda... Sé que estás muy afectada. pero es importante que me digas todo lo que te decía Jerry sobre este asunto. Sabemos que estabas con él cuando pasaron los incidentes de la caída de los UAV. ¡Explícame!

–Señor... desde que Jerry perdió a su padre, cambió su personalidad. Es otro, es diferente. Antes era muy alegre, conversábamos de muchas cosas, tenía planes... pero todo cambió –irrumpe en llanto, Will la abraza con ternura.

–Lo sé... lo sé. Me di cuenta del cambio, pero... ¿Cómo llegó a intervenir en las señales de los rebeldes?

–En varias ocasiones me comentó que le cobraría a los rebeldes la muerte de su padre. Eso se convirtió en una fijación. Salía de clases y se encerraba en el sótano.

–¿Te dijo en alguna ocasión que se comunicaba con alguien más sobre el asunto?

–No señor. Sólo Will y yo hablábamos con él sobre lo que estaba haciendo.

–¿Desde cuándo estaba interviniendo en las señales de los rebeldes?

–Hace poco, sólo algunos días atrás.

–¿Y te dijo lo que iba a hacer?

–No, señor, no me comentó nada. Sólo ingresó y manejó los comandos de control...

–¿Quieres decir que fue en estos días que logró acceder a las señales rebeldes? O sea que tan pronto se conectó... ¿Derribó al primer UAV?

–¡Sí... sí! Tan pronto pudo entrar en los controles de mando, los empezó a manejar a su gusto.

–¿Y sabes si los rebeldes se comunicaron con él?

–No creo, señor. Él es muy hábil para esconder sus señales. Es bien difícil que lo localicen.

–Pero... ¿Ya viste que sí lo encontraron... y lo secuestraron? Ustedes y sus familiares están en peligro, por eso los mantendremos con nosotros para protegerlos. Nadie sabrá lo que pasa, será clasificado. Después un técnico les pedirá lo ayuden a identificar una información –mientras, Linda continúa sollozando.

–Señor... Señor... ¿No saben dónde está? ¿No lo han encontrado?

–¡No... no tenemos idea! Ya identificamos a los sujetos que lo secuestraron. Son comandos rebeldes que la CIA y el Buró vigila hace tiempo... pero, cálmate. Todo estará bien. Lo encontraremos.

Robert se acerca a ellos y da unas suaves palmadas sobre el hombro de éstos. Éste entiende lo duro que es para los jovencitos lo que está ocurriendo. Para él también lo era, estaba enfrentándose a un momento demasiado crítico para el Buró, pero a la vez emotivo que comprometía su imparcialidad emocional.

Aquel chico era como de su familia extendida, lo vio crecer, compartió con sus padres y ahora lo veía amenazado, en manos de los mismos que le arrebataron a su padre.

VII

La gran ciudad de la inteligencia y de la seguridad nacional, capital de las leyes continuaba silente, ajena a lo que en sus entrañas se debatía. Los recientes eventos le presagiaban que los próximos días serían intensos de incertidumbre y tensión para sus agencias.

Un grupo de terroristas habían ingresado en sus tierras y amenazaban con llevar a cabo un ataque de terror, inesperado, desconociéndose cuándo, dónde y quiénes serían los atacantes.

En las sombras de la noche, en uno de los suburbios de la zona industrial, en un área de edificios abandonados, el lazo del reciente incidente del secuestro del joven tomaba forma. En uno de los amplios espacios de maquinaria abandonada, entre escombros, se detienen un vehículo oscuro. Dos individuos bajan de éste, abren el baúl y sacan a Jerry.

El joven está atado y amordazado, así mismo lo mueven de manera violenta. Lo llevan a empujones hasta el interior del edificio.

–¡Amarren a ese maldito a la columna, pronto! Quiero saber qué es lo que hace. Vamos a ver qué sabe y porqué se mete con nosotros –dice uno de los individuos, al parecer el líder.

–¡Vamos, bastardo criminal! Ahora sabrás lo que le pasa a los que se oponen a la liberación de nuestra tierra... ¡Maldito!

Jerry forcejea para liberarse, pero los sujetos lo agreden y lo amarran violentamente a una silla.

–¡Mira si el mocoso es bravucón! –exclama uno de los sujetos.

–¡Déjamelo a mí...! ¡Ya veras como habla el sucio mocoso! – dice el otro, dándole un golpe en el rostro que lo hace perder el conocimiento, el joven se desmaya.

Los sujetos ríen y celebran el acto. Jerry está con la cabeza de lado, desmayado ante las burlas y el escarnio de los rebeldes. Aquella escena les estimulaba la rabia. Su coraje no tenía límites.

En el lado opuesto de lo que fue en un momento una próspera zona industrial, en el hermético edificio de las oficinas del FBI, la tensión y la incertidumbre aumentaba. El reciente incidente del secuestro del joven tenía a varias divisiones en alerta máxima, trabajando con todos sus técnicos y agentes en la calle. Necesitaban localizar de inmediato a los rebeldes que tenían secuestrado a Jerry. Sus conocimientos eran clave, tanto para los rebeldes como para el Buró.

Los agentes y los técnicos cruzan de un lado para otro, unos con documentos, con carpetas, con teléfonos celulares, todos tienen prisa. Linda y Will están en una de las salas viendo aquel constante caminar, creándoles más nerviosismo, más temor.

–Amiga... sabía que algo podría pasar, siempre se lo dije a Jerry, pero no me hizo caso... no me hizo caso. Mira ahora lo que ocurre.

–Cálmate, Will... yo también le advertí que era muy peligroso lo que hacía, pero insistía que no lo descubrirían... y mira lo que pasó.

–¿Crees que nos secuestrarán a nosotros también? ¿Nos pasará los mismo?

–No sé... no sé, pero creo que sí. Por lo que dice el señor esos hombres son de los rebeldes y nos deben estar buscando también.

–¡Pero Linda, nosotros no hicimos nada!

–¡Sí hicimos! Nosotros fuimos parte de lo que él hizo, porque le asistíamos en las maniobras y le apoyábamos con los datos. Además no olvides que también maniobramos los UAV rebeldes. ¿Lo olvidaste? Creo que lo disfrutaste.

–¡Tienes razón... tienes razón! Nos buscarán también. Ya deben saber que somos amigos de Jerry –concluye Will la conversación, como si así se liberaran de la tensión y del miedo a lo que podría pasarles, de la incertidumbre por la desaparición de su compañero, de su amigo de infancia, de escuela, de clases.

Robert Alexander entendía la tensión y el miedo en Linda y Will. También los conocía, quizás no tanto como a Jerry, pero los veía a menudo. Para él, aquellos muchachos eran tan apreciados como su joven vecino, por eso su preocupación.

En el laboratorio forense se encontraban Robert Alexander, el Director y un especialista de la CIA. Tienen ante sí unas pantallas interactivas que muestran las pruebas de evidencia de la incursión de los rebeldes que culminó con el secuestro del joven.

–Señor Director, la evidencia es clara. Este chico estaba nadando en aguas profundas. Estaba burlando los sistemas de los rebeldes y lo descubrieron –dice el agente de la CIA.

–Pero... ¿Cómo lo hicieron? Los técnicos dicen que aún nuestros equipos no lograban localizarlo –expresa el Director.

–Al chico se le olvidó que al destruir los UAV rebeldes contra los edificios, éstos guardaban, al igual que nuestras naves, una especie de caja negra que graba las operaciones de vuelo, coordenadas y de dónde provienen todos los datos que lo manejaron. Olvidó ese detalle. Por eso lo identificaron, lo otro fue ubicarlo, sencillo para los rebeldes –explica el agente.

–Quiere decir que aunque los nuestros no lo identificaban... ¿Ellos lo pudieron hacer? –afirma Robert.

–Así es, agente Alexander. Los rebeldes sabían cómo identificar el lugar de dónde hackearon el UAV. Simplemente rescataron los restos y recuperaron la caja negra. De esa forma lo encontraron.

–¿Ya tienen localizados a los sujetos que lo secuestraron?

–Todavía no estamos seguros, pero al menos, por los videos de la camioneta identificamos a dos de ellos. Son miembros de los comandos que residen con identificaciones falsas y que se mueven constantemente. Por eso se nos hace difícil localizarlos.

–Agente, por favor, toda información que nos pueda brindar se la vamos a agradecer. Ese chico es hijo de uno de nuestros soldados caídos en Afganistán. Ya entenderá las motivaciones que tenía para hacer lo que hizo –comenta el Director, en tono emotivo.

–Ya lo vimos, señor y créame que aparte de su dolor y de su coraje por la pérdida de su padre, tenemos que reconocer que había levantado una buena base de datos claves. Eso fue lo que le ayudó a manipular y hackear el centro de mando de los UAV rebeldes.

–Sí, eso lo entendemos. El chico es muy bueno, una pena que se le pasó ese detalle.

–Bueno, yo diría brillante y un soldado digno de ser parte de nuestras agencias –añade el agente de la CIA.

–Eso es claro, pero ahora lo importante es localizarlo y rescatarlo. Se lo debemos a él y a su familia –dice Robert Alexander.

–Ya el Director de la agencia se lo comunicó al Secretario de Defensa y éste se reunirá con el señor Presidente. Así que no se preocupen que ese chico se ha convertido en un miembro importante de nuestras fuerzas y ya tiene prioridad de búsqueda de toda la maquinaria de inteligencia de la nación –expresa el agente de la CIA.

–¡Gracias agente, eso es alentador para nosotros! –responde Robert Alexander, entusiasmado.

–¡Gracias, agente! Eso mismo le diremos a sus familiares para que sepan que lo rescataremos –responde el Director, sonriente.

Para el Director y los agentes el rescate del joven más que una misión de rutina, era un compromiso con aquel patriota caído en acción. Éstos comprendían las graves consecuencias a las que tendría que enfrentar el chico. Aquellos individuos no medían sus acciones de venganza, cuando eran agredidos y atacados de la manera como lo hicieron.

La ira y el coraje de éstos no tendría límites con aquel que había cruzado la frontera de llegar hasta ellos y atacarlos en el centro de su base, de su campamento. Por eso, en el lado contrario de la ciudad, en uno de los suburbios, en un área de edificios abandonados, el comando asignado para llevar a cabo su venganza, tienen a Jerry amordazado y atado a una silla. Los rebeldes lo rodean.

–¡Quítenle las cuerdas y libérenlo para que vea dónde y con quiénes está! –grita el sujeto, a lo que de inmediato lo liberan.

Jerry abre los ojos, todavía confundido mira a los lados y su rostro cambia. Está rodeado de aquellos hombres que lo miraban de forma amenazante, pero a su vez sorprendido porque frente a él hay un panel de equipos y pantallas, avanzados, sofisticados.

En ese momento, se encienden las pantallas y aparece en éstas un individuo. Al instante la risa y las burlas hacia el joven cesan. Al parecer era el líder del comando.

–Compañeros, la red es suya. Ya saben lo que deben hacer. Este maldito hijo de perra hará lo que nosotros le indiquemos. ¡Cumplan con su deber sagrado! –y concluido su mandato, desaparece de la pantalla.

Las pantallas comienzan a mostrar diferentes diagramas y secuencias de símbolos. Luego de esto aparece lo que parece un control de mando, un panel de instrumentos de vuelo del centro de mando de los UAV rebelde.

–Miserable... ¿Conoces lo que está frente a ti? ¡Sí, sé que sabes lo que es, maldito hijo de perra! Lo conoces, lo conoces. Ahí tienes los controles de nuestro centro de mando –exclama el individuo, golpeando al asustado joven.

–¡Bastardo, ahora veras lo que se siente cuando te atacan! Vas a dirigir las naves a la base norteamericana... tienes que neutralizar sus radares –interviene otro sujeto, tomándolo por la camisa.

–No puedo hacer eso... no tengo los códigos para entrar en su red –responde Jerry, nervioso, asustado, pero el sujeto lo golpea.

–Vamos a ver si así encuentras los códigos, maldito.

Otro de los individuos se acerca a su lado y lo vuelve a golpear con coraje y molesto.

–¡Bastardo americano, busca los códigos. Ya sabemos que puedes entrar en las bases, maldito hijo de perra –le grita amenazante.

–¡De acuerdo, de acuerdo! Trataré... –exclama Jerry, sollozando y tembloroso.

Así, asustado y bajo amenaza, acciona varios comandos y tras varios intentos, luego de varios símbolos aparece en la pantalla un panel de gráficas. Corresponden al programa que neutraliza los radares de las fuerzas norteamericanas. Hace otra intervención y el sistema muestra el panel de controles del UAV rebelde. En pocos segundos muestra las coordenadas y la ruta que lo lleva hasta la base norteamericana.

En otro panel, un rebelde se une a los controles. Logra acceso al mismo comando de controles que vuela invisible ante los radares norteamericanos.

–Comandante, ya estamos en vuelo. Lo logró el bastardo. Los radares no lo han visto –le dice el rebelde a su jefe en mando.

–Muy bien. Vamos a acabar con ellos. Envía más naves, rápido.

–Comandante... señor, pero no sabemos todavía si es posible evadir más de un nave a la vez.

–¡Bastardo! ¿Se puede evadir el radar con más de una nave?

–No sé, señor, no sé... –responde Jerry, asustado.

–¡Pues inténtalo! Haz que los radares no los identifiquen... ¡Ya! ¡Rápido, que tenemos que acabarlos!

–¡Sí, sí, como usted diga! ¡Lo intentaré! –responde Jerry, aterrado, con miedo a ser golpeado nuevamente, con sangre en su boca.

Tras activar ciertos códigos y acceder a varios diagramas de la red de vuelo de los UAV, aparecen en la pantalla, diferentes imágenes separadas. En éstas se proyectan los controles de vuelo de los UAV. Jerry los controla, despegan de la base rebelde con patrones de vuelo asignados por éste.

Los rebeldes observan en silencio la rapidez con que el joven acciona códigos y aparecen las aeronaves alcanzando altura y dirigiéndose a las coordenadas de la base norteamericana.

Lo que los rebeldes no esperaban era que millas distante, en el centro de mando de la Fuerza Aérea norteamericana tenían la capacidad de identificar las señales invisibles de vuelo intervenidas por los hackers. Jerry lo sabía, ya conocía ese avance tecnológico de la milicia de su país, pero lo mantuvo oculto.

Eso podría ser un elemento que le salvaría la vida. Aquellos sujetos no estaban al tanto de los cambios de equipo militar de las agencias de seguridad.

VIII

En un lugar sin identificar en los mapas oficiales, en la zona desértica de algún punto en Afganistán, el centro de mando de la Fuerza Aérea norteamericana tiene localizada la salida de varias naves UAV de la base rebelde. De inmediato las pantallas comienzan a transmitir las imágenes a las divisiones de defensa de todas las áreas.

–¡Comandante! Señor, estamos recibiendo varias señales de UAV rebeldes –exclama el técnico militar a cargo de la red.

–¿De dónde salen esas señales? ¿De cuál de los puntos?

–Están en las coordenadas de la zona IV-Y, señor y se aproximan fuera de formación.

–Pero... ¿Cómo que están fuera de formación? Eso no parece estrategia militar... puede ser vuelos para confundir.

–¡Señor... señor! ¡Desaparecieron! ¡No puede ser!

–¿Cómo que desaparecieron? ¿Cómo?

–No están en el espectro de las coordenadas... es como si se hubiesen esfumado.

–¡Envíe los códigos de alerta máxima! Eso puede ser un ataque sorpresa –ordena de manera tajante, el militar.

Aquel confuso movimiento de naves UAV saliendo de la base rebelde y desapareciendo a los pocos segundos era extraño, imposible. Lo que estaba ocurriendo no era lo típico, aquellos equipos eran los más sofisticados de sus redes de seguridad.

Algo estaba sucediendo que los sistemas perdieran de esa forma esas señales. En esos momentos el ambiente en el centro de mando es de confusión y de desconcierto. Estaban ante una situación impredecible, inesperada.

No ocurría lo mismo en el centro de mando de los rebeldes, donde todo era celebración y algarabía, por lo que acontecía con aquel contingente de UAV que surcaban los aires desérticos de forma invisible.

Los rebeldes están alrededor de los equipos, observan las pantallas con atención el patrón de vuelos de las aeronaves.

–¡Comunícame con el comando, rápido! –ordena el comandante rebelde, ansioso.

–Lo comunico, Comandante.

Al instante aparece en una de las pantallas otro de los comandantes rebelde, ansioso, exaltado y le habla al centro de mando.

–¡Comandante, ya tenemos la señal compartida! Adelante con los ataques. Las naves despegaron con éxito. ¡Vamos a acabarlos!

–Estamos en plena fase, Comandante. Tenemos al bastardo con nosotros. Tan pronto terminemos, pasamos a la fase sorpresa.

Así concluye la comunicación entre ambos comandantes desde sus respectivos centro de comunicaciones. Aquel vuelo de UAV de forma secreta e invisible a los radares norteamericanos, estaba creando una situación de alerta máxima no esperada.

Los sistemas de radares de la Alianza eran insuperables, no había forma de engañarlos, de confundirlos, pero estaba ocurriendo. Aquellas aeronaves aparecieron en las redes y de momento desaparecieron, algo que iba en contra de las leyes de la tecnología de defensa militar.

Los técnicos norteamericanos buscan en las redes de satélite, en los sistemas alternos de radares al grupo de aeronaves no pilotadas, sin resultados, sin respuestas. No aparecen en ninguno de los sistemas, era como si se hubiesen esfumado. Los equipos no se equivocaban, las señales fueron reales, correctas con las coordenadas de la base rebelde.

El técnico norteamericano da instrucciones al resto de sus compañeros, envía mensajes a las demás divisiones, buscando respuestas, pero todo es infructuoso.

–Comandante, los UAV no parecen por ningún lado y recibimos varios mensajes de los F-18 que tienen interferencias con sus radares.

–¿Interferencias? ¿Qué tipo de interferencias?

–Nos comunican que por momentos se quedan a ciegas. Los radares dejan de funcionar.

–¿Cómo puede estar ocurriendo eso? Avisen que recibirán refuerzos. Comuníquese con la torre central y notifique a los caza, que salgan de inmediato a encontrarse con ellos.

Aquella movida del Comandante norteamericano era señal de que se avecinaba un enfrentamiento no esperado, quizás de altas proporciones ya que podría darse sobre áreas de civiles. Tenían que tomar precauciones de inmediato, las más severas, de máxima prioridad. Lo que éstos ignoraban era la rapidez y cercanía de los UAV. Ya estaban en el espacio aéreo del campamento y base norteamericana.

Sin que se percaten, las alarmas comienzan a sonar, los potentes focos se encienden de manera automática e iluminan el cielo, dejando ver las aeronaves, UAV cruzando sobre éstos, desplegando proyectiles de un lado a otro. En ese momento todo es confusión, caos. Los sistemas no habían alertado de que el ataque fuese a la base, menos tan sorpresivo, tan rápido.

Los militares salen corriendo de un lado a otro, unos buscando refugio ante las andanadas de proyectiles, de las explosiones y de la metralla. La tranquilidad de la noche y el silencio que había predominado minutos antes, se vio interrumpido dramáticamente por aquel ensordecedor sonido de las alarmas, del correr de soldados gritando para protegerse.

–¡Activen el alerta de ataque! ¡Todo el personal a sus posiciones de ataque! Comunique a la Central que nos sorprendieron, que nos están atacando, de prisa –ordena enérgico el Comandante.

Aquel ataque era inesperado por las tropas norteamericanas esperaban, no lo esperaban. Menos hubiesen esperado que las aeronaves estaban siendo controladas, desde el centro de mando rebelde por un joven hacker de su propia nación. Ese dato lo desconocían, no tenían la información de lo estaba pasando con aquel chico secuestrado horas antes por un comando rebelde en su propio suelo.

Mientras esto ocurre, los rebeldes celebran el éxito de su sorpresivo ataque a la base norteamericana. Su plan estaba dando frutos, había resultado exitoso, lograron bombardear y lanzar sus proyectiles al centro de mando. Desde el edificio abandonado, en el suburbio de la zona industrial, Jerry se encuentra manejando un panel de controles, el que controla a la flota de UAV que llevan a cabo el ataque sorpresa.

A su lado hay dos técnicos rebeldes que manejan parte de las aeronaves que lanzan proyectiles a diferentes blancos militares.

–Muy bien, eso es lo que se merecen, malditos criminales. ¡Continúen el ataque! Asegúrense de destruir todo el campamento –exclama jubiloso, el comandante rebelde–. ¡Soliciten los resultados de la misión, rápido. Quiero saber lo que pasó, las bajas de esos malditos, rápido.

De esa manera, desde el centro de mando de los rebeldes se confirmaba el violento y certero ataque a las fuerzas norteamericanas. El grupo de rebeldes estaban jubilosos por aquella victoria, por aquella agraciada conclusión. Éstos estaban frente a las pantallas observando, eufóricos con cada bombardeo y cada ráfaga de proyectiles que impactaba a los almacenes y área de abastos militares.

Jerry está sentado frente al centro de controles, a la red de transmisión y control de vuelos. Dos rebeldes lo acompañan, mientras observan el regreso de los UAV que transmiten los resultados de los ataques.

–Comandante, le estamos enviando todas las grabaciones de los aviones. Ahí está la evidencia de los resultados de la misión –explica el técnico rebelde vía la red al comandante, cuyo rostro aparece en una de las pantallas.

–Perfecto. Creo que el bastardo muchacho hizo el trabajo... bien... –afirma el militar al técnico.

Aquella acción bélica sorpresiva, ajena a la vigilancia de los más sofisticados radares, oculto entre las infinitas señales de las redes satelitales era el incidente más impactante del día para las fuerzas armadas norteamericanas.

Las oficinas del FBI, frías y sobrias encerraban toda la tensión que saturaba el ambiente que predominaba en cada una de ellas. Para

Robert y sus compañeros agentes era desconcertante lo que estaban presenciando en las pantallas. Las imágenes de lo que ocurría en la zona desértica de Afganistán los mantiene en expectación, atentos al desenlace del ataque rebelde.

El Director está junto a Robert Alexander, nervioso e desconcertado ante la impresionante escena.

–¡Santos cielos! ¡No puede ser! –exclama el Director, ansioso.

–Es imposible... ¿Cómo llegaros al campamento? ¿Cómo lo hicieron? –comenta Robert Alexander.

–Señor, están indefensos. Son UAV que están atacando. Los radares no los detectaron, fallaron las redes satelitales –comenta el agente de la CIA asignado, que los acompaña.

–¿No fueron detectados? Por eso los cazas no los derribaron, porque no los identificaron. Llegaron por sorpresa... invisibles... ¡Así fue! –exclama Robert Alexander.

–Señor Director, me comunican que la base no pudo identificarlos para repeler el ataque –añade el agente de la CIA.

–Agente... ¿Qué opina sobre eso? –cuestiona Robert Alexander.

–Es extraño, muy extraño...

–¿Tendrá relación con el secuestro del chico que hackeó a los rebeldes?

–Es posible... Lo que está ocurriendo es compatible con lo que hacía el chico. Este hackeo a los radares, a los UAV y luego un ataque nocturno sorpresa, es una estrategia bien pensada.

–Señor, creo que lo pensábamos sobre las consecuencias del secuestro, ya se están presentando. Tiene sentido lo que ocurre –comenta Robert Alexander.

–Alexander, siento decirle que están utilizando al chico para llevar a cabo sus diabólicos planes –dice el Director.

–Me imaginaba que eso pasaría...

–¿Se retiraron? ¿Y por qué siguen las explosiones?

–Son los abastos. Indican que se detuvo el ataque, se marcharon –expresa el agente de la CIA.

La flota de los UAV bombardearon una y otra vez el campamento norteamericano. En ausencia de los F-18, hicieron estragos, sin darle tiempo a las fuerzas defensivas de la base repeler el ataque. Los puestos de vigilancia fueron neutralizados en pocos minutos.

La silenciosa llegada de las aeronaves los tomó por sorpresa, creando la confusión con la incesante andanada de proyectiles y de bombas por todos los flancos. El sorpresivo y apabullante ataque no les permitió activar los sistemas de vigilancia para que los batallones de combate actuaran, no tuvieron oportunidad. La balacera era continua, incesante.

EL caos y la confusión se apoderan de todos los miembros de los comandos asignados al lugar. Todos corren de un lado a otro, buscando protección para su vida, entre los escombros, entre el bombardeo. La confusión y el sorpresivo ataque completa un cuadro de terror en los rostros de éstos.

IX

La tensión de los eventos que en secreto se transmitían a las redes de inteligencia de las oficinas del Buró, mantenían en alerta a los directivos de la agencia. La orden de protección para los dos compañeros de Jerry era prioridad dada la magnitud del recién incidente, que a todas luces indicaba que había una relación directa con el secuestro del joven. Eso significaba que Will y Linda estaban bajo la misma amenaza, sus vidas peligraban, por eso necesitaban la protección.

En una de las salas se encuentran los padres de Linda, Will, Hellen y la chica. Están conversando, preocupados, angustiados y tratando de encontrar las respuestas a sus preguntas. El ambiente es de mucho suspenso, de incertidumbre y de tristeza. La ausencia del joven secuestrado producía en ellos el agobio y el desespero. Se notaba en sus rostros la ansiedad y el desespero.

Un agente entra e interrumpe aquel ambiente denso. Éste se dirige a Linda y a Will.

–Jóvenes, tengan la amabilidad de acompañarme.

–¿Pasó algo, señor? –pregunta Linda, con voz entrecortada.

–No, todo está bien, sólo síganme –y el agente les señala la salida, indicándoles que le sigan.

Los jóvenes siguen al agente, cruzando el amplio pasillo para tomar un ascensor. Se dirigen a otro piso, no hablan, se mantienen en silencio con miradas vacías, como si fueran de manera mecánica a su destino.

En pocos minutos salen para dirigirse al laboratorio forense. Allí se encuentran el Director y Robert Alexander junto a varios agentes. Están conversando cuando al llegar los jóvenes, hacen silencio. Esa ausencia de saludos formales y palabras dura algunos segundos que parecen horas. Todos se miran, Robert Alexander habla.

–Linda... tenemos que mostrarte algo que pasó. Después queremos hablar contigo. No temas. ¿De acuerdo?

Al momento aparecen en las pantallas las escenas de los ataques de los UAV rebeldes sobre el campamento de las fuerzas norteamericanas. La secuencia de las explosiones y los bombardeos desfilan una tras otra, creando en los jóvenes espanto. Linda y Will llevan sus manos al rostro al unísono cuando ven las aeronaves lanzando bombas y disparando hacia las instalaciones militares.

En pocos minutos se ven las máquinas agresoras abandonar el espacio aéreo de la base, dejando tras de sí fuego, explosiones, humo y destrucción.

–Esas son escenas de un ataque a uno de nuestros campamentos en Afganistán, hace apenas una hora. Nuestros técnicos pudieron localizar unas señales ocultas, parecidas a las del ataque a los UAV rebeldes. Linda... sabemos que los secuestradores tiene a Jerry y lo están obligando a neutralizar nuestras señales, nuestros radares... Necesitamos su ayuda... –concluye Robert, casi suplicante.

La joven no responde de inmediato, pasan varios segundos.

–¿Nuestra ayuda? Pero... ¿Cómo?

–Escucha... sé que están asustados, pero ustedes son los únicos que conocen las estrategias de combate de Jerry, porque lo acompañaban en los video juegos.

–Es cierto señor, pero una cosa son los juegos... y otra cosa es eso... ¿Cierto, Will?

–¡Sí... sí!

–Tienes razón, pero... ustedes le asistieron en el bloqueo de las señales. Ya saben cómo hacerlo, los comandos, los logaritmos, sus códigos. Y eso mismo es lo que refleja lo que está pasando. ¿Acaso no te gustaría detener a esos guerrilleros y rescatar a Jerry?

–¡Sí, señor, claro que sí...! Señor... entonces díganos qué hacer y le ayudaremos.

–¡Muy bien! Miren, acércate Will –y él les invita a sentarse frente a un panel de controles–. La mayoría de las bases de Irak y Afganistán están en alerta máxima, porque algunos satélites espías han detectado movimientos inusuales.

–Señor... hay algunos códigos que Jerry los usaba para anular las señales de los rebeldes... –interviene Will.

–Bien, eso es... entonces, vamos a utilizarlos para bloquearlos y ver lo que están haciendo. Vamos chicos... los equipos y la red son suyos... –concluye Robert Alexander, señalándoles las consolas.

El Director y los técnicos de la CIA los miran fijamente y les asienten, como diciéndoles que confían en ellos, que tomen el control del panel. Los chicos se miran entre sí, sorprendidos por aquel gesto inesperado, por aquella confianza en ellos, sorpresiva, inexplicable.

Ambos se acercan a los paneles y dudando por segundos, comienzan a entrar datos a la red que al instante muestra gráficas, secuencias numéricas que suben y bajan a velocidad. En las pantallas aparecen los controles de mando de los UAV, símbolos y gráficas extrañas identifican a éstos como un centro rebelde. De inmediato representan un patrón de vuelo, están en el espacio aéreo.

Al instante, ambos jóvenes accionan diferentes códigos y aparecen las coordenadas que ubican a las aeronaves.

–Bien, chicos... Señor, tenemos que identificar esas coordenadas, buscar los puntos de referencia –dice Robert Alexander.

–Esas coordenadas son del área de los campamentos y bases en Irak. Señor, están en plena misión. Los patrones de vuelo y la programación de los UAV dicen que tienen todas las armas listas para atacar –interviene el agente de la CIA.

–Es correcto, señor. El programa del UAV líder de la formación dice que está preparado para un ataque... pero... ¡Espere! –expresa Linda, reaccionando nerviosa.

Las señales se distorsionan y se pierden, hay mucha interferencia hasta que las pantallas quedan en negro, sin imagen.

–¿Qué pasó? –pregunta Robert Alexander.

–¿Por qué se fueron las imágenes? –pregunta el Director.

–Ya se dieron cuenta que entramos a su red, nos detectaron... y nos bloquearon –responde Linda.

–Entonces, desbloquéalo y entra de nuevo a su programa –ordena insistente el Director.

–Eso tratamos, señor –responde Will, nervioso.

Ambos jóvenes conocían las estrategias de su amigo y compañero de juegos, pero éste siempre guardaba una jugada para salir airoso y derrotarlos. Él era el mejor, el más diestro, el que manejaba los comandos con magistral destreza. Aún así, eran un equipo donde uno sabía la estrategia y el próximo paso del otro.

Por eso Jerry movía ciertas estrategias, pensando que en algún lugar sus amigos se darían cuenta de que era él, quien estaba detrás de los controles de aquellas aeronaves. Había programado los sistemas para que ellos lo identificaran tan pronto los vieran. Éstos eran su única esperanza de salir con vida de aquel encierro y de sus captores.

El camión, rotulado como una compañía de mudanzas y en cuyo interior estaban los más sofisticados equipos de comunicación satelital y de una sorprendente presencia en el ciber espacio, estaba ubicado en uno de los edificios abandonados. Allí estaba Jerry, vigilado y custodiado por varios rebeldes, mientras sus compañeros técnicos tienen en sus manos los controles de los UAV.

–¿Qué pasa con las señales? ¿Por qué pierdo el control? –pregunta molesto, un técnico a Jerry.

–No lo sé, no sé que pasa. Quizás lograron decodificar la señal y entraron al sistema.

–¡Haz algo bastardo inútil, rápido, rápido!

Jerry comienza a accionar códigos, nervioso y el sujeto se le acerca hasta poner un arma sobre su cabeza. El joven está aterrado por las amenazas de su agresor, pero su destreza y habilidad para manejar los equipos le permite estabilizar el sistema. Los rebeldes exclaman con alegría frases y risas, tienen nuevamente el control de las aeronaves.

Eso complicaba la situación para el joven. El nivel y control de éstos de los sistemas empeoraba el panorama. Se haría más difícil para sus amigos identificar el lugar de procedencia de las señales y poder localizar el punto de origen de todas las agresiones y bombardeos.

Para los especialistas del Buró y de la división de evidencia forense todo se complicaba, aumentaba la incertidumbre ante las fluctuaciones de las señales y su bloqueo tan hermético. En la división donde se encuentran los agentes, Linda y Will los tableros y las redes se congestionan por los constantes bloqueos y hackeos de los controles.

EL descontrol emocional se manifiesta de igual manera ocurre con los aparatos del centro de control de mando. El nerviosismo invade a todos los presentes.

–¡Señor... es imposible! ¡Sólo Jerry conoce los códigos y la combinación exponencial de logaritmos para hacerlo! –expresa Linda.

–¡Nos cerró la puerta! Ésa es una de sus estrategias favoritas – exclama Will, nervioso, mirando a Robert Alexander, que pregunta.

–¿Y no saben cómo desbloquearla?

–Lamentablemente... no, señor –responde Linda.

–Señor, mire esto –interviene el técnico de la CIA.

Al instante las diferentes pantallas comienzan a mostrar el ataque de los UAV sobre una base. Las aeronaves se lanzan en abierto ataque, con armas de largo alcance, con bombardeos uno tras otro.

–¿Cómo es posible que no los hayan detectado? –pregunta el Director, sorprendido llevándose las manos a la cabeza, confundido.

–Señor, ni siquiera los satélites espías los identificaron.

–¡Chicos, hagan algo por favor! –exclama Robert Alexander.

–Es que no tenemos cómo enfrentarlo –responde Linda.

–¿Cómo... enfrentarlo? –cuestiona el Director

–Sí, señor... sólo con otros UAV los podemos enfrentar, porque podríamos hackear sus controles y responder sus ataques – añade Will, dejando al Robert y al Director mirándose entre sí.

–Es cierto, señor. Usando sus mismas herramientas.

–¿Qué naves de combates disponibles tenemos en esa zona? – pregunta el Director al agente de la CIA.

–En esa base sólo tenemos los F-18, pero no hay tiempo, además ese tipo de caza es para alturas y combate de mucho espacio.

Miren... –explica el agente, señalando a las pantallas que comienzan a mostrar los ataques y el bombardeo.

Definitivamente que eran los UAV, controlados por los rebeldes, algo que les desconcertaba pues éstos no eran tan diestros en este tipo de combate con esas aeronaves. Algo extraño ocurría y les hacía preguntarse si realmente eran ellos o había interferencia de algún elemento del exterior, como sospechaban.

De ser así, eso significaba que dadas las observaciones de los jóvenes, podría ser Jerry el que estaba detrás de los controles o facilitándoles su manejo.

–¿Y no hay otro tipo de avión disponible? –pregunta el Director, ansioso, desesperado al agente de la CIA.

–Tenemos varios F-22 Raptor en una base cerca, a pocos kilómetros. Ésos son más ligeros y de combate táctico.

–¿Y pueden hacerle frente a los UAV? Recuerde que son ligeros y de poco espacio aéreo para combatir –interviene Robert.

–Son los más indicados. Están preparados para el combate electrónico y son los ideales para este evento de control y hackeo de señales extrañas.

–¡Entonces solicite que los envíen! –indica el Director.

–Ya lo hice. Están en camino. Nuestros pilotos son expertos en este tipo de interferencia de señales.

–De acuerdo... ¿Y qué pasa con la Central? ¿Por qué no han intervenido?

–Lamentablemente, están bloqueados. Ellos no tienen acceso a lo que nosotros estamos viendo, algo raro, que no entiendo cómo ocurre. Es como si quisieran que lo viéramos, pero estamos tratando de conectarlos, sólo que no pueden entrar –explica el agente CIA.

Ese detalle inexplicable para el técnico de la agencia de más recursos avanzados de la tecnología cibernética, los mantenía en estado de confusión, de incertidumbre. Los modernos equipos no lograban descifrar aquel evento tan poco común en las estrategias de ataque. No resultaban claros los movimientos, eran confusos, contradictorios pero a la vez certeros y precisos al impactar sus tarjetas militares.

Así, toda esa madeja de incongruencias de estrategia militar tenía su origen en un lugar desconocido en ese momento para las redes espías que no lograban ubicarlo. Lo que éstos no sabían era que lo tenían frente a sí, en sus pantallas, pero aparecía invisible, cubierto por un infinito y complejo número de códigos capaces de estar actuando sin ser detectados.

En ese momento los técnicos rebeldes tienen el control de la flota de los UAV y están atacando la base norteamericana. En pocos segundos aparecen en el espacio aéreo dos caza de la fuerza aérea, iniciando el combate. Su presencia cambiaba el panorama.

La fuerza y velocidad de los caza supera a los UAV que hasta ese momento estaban llevando la mejor parte. Sus blancos fueron impactados por los proyectiles de las aeronaves de forma certera. Sólo que en instantes, la presencia de los caza hizo la diferencia impactando a uno de los no tripulados, enviándolo envuelto en una bola de fuego a la superficie hasta estallar.

Este inesperado incidente desconcierta a los rebeldes en el camión del centro de mando, donde se encuentra Jerry junto con éstos. El sorpresivo enfrentamiento los confundió, no lo esperaban.

–¿Qué pasó? ¿Por qué lo perdimos? –le grita el rebelde al joven, empujándolo de la silla y hace que caiga.

–¡Idiota! ¡Lo perdiste por inepto! ¿Cómo lo permitiste? –le increpa el Comandante rebelde, halando a Jerry por el brazo hasta traerlo a la silla.

–¡Bastardo! –le grita el rebelde.

–Oye, hijo de perra, mal nacido neutraliza el sistema de mando de los cazas –le ordena el Comandante, amenazante.

–Señor... ese tipo de nave tiene su propio escudo inteligente que evita el hackeo –responde Jerry, asustado, nervioso.

–¡No me importa lo que tenga! ¡Bloquea sus controles, estúpido! –grita el Comandante, descontrolado por la ira.

Jerry asume los controles de los UAV, los rebeldes se los ceden ante el ataque de las caza. Las maniobras de los no pilotados resultan efectivas y logran esquivar con facilidad a los rápidos aviones norteamericanos. Sólo que los sistemas de ubicación de los blancos de las veloces naves son más certeros que éstos. Así, ante ese panorama, el joven decide retirar del campo de batalla a sus máquinas.

Ese movimiento tan brusco, inesperado por los cazas, crea el desconcierto en la división forense del Buró. Todo el incidente estaba siendo transmitido por los satélites espías, mostrándose en las pantallas.

Linda y Will están frente al panel de controles, a su lado está el agente de la CIA.

–Señor... están tratando de intervenir a los F-22. Se están retirando del área –dice el agente de la CIA.

–¿Por qué hacen eso? ¿Por qué? –pregunta Robert Alexander.

–Es la única manera de evitar que los intervengan. Los UAV son los que mueven la señal hacker, sirven de conexión directa.

Los agentes se miran entre sí, están sin respuesta ante lo que ocurre. Se encuentran en un incidente nuevo, sin técnicas. Los jóvenes se miran y sonríen.

–Linda... amiga... ¿Recuerdas el combate del firefox en la batalla de los clones? –dice Will.

–¡Sí... la recuerdo! En esa batalla subí de nivel y dejé atrás a Jerry.

–¿Qué tal si la usas para traer a los Raptor a combatir con los UAV?

–¡Eso es! ¡Vamos a ver si pueden bloquear esto! –y al instante, Linda acciona diferentes comandos para activar los sistemas–. Señor... ahora les toca a ustedes entrar en batalla.

–¿Qué hiciste? –pregunta Robert Alexander.

–Entrar en la red y bloquear la interferencia... pero... señor... sólo que hay un pequeño problema –comenta Linda.

–¿Qué problema hay ahora? –pregunta el Director.

–Señor... que bloqueamos las interferencias, pero los controles del Raptor se bloquearon también.

–¿Y qué pasa entonces? –pregunta el Director.

–Señor... pues... debemos... –responde Linda, titubeando.

–¡Señor Director, señor, los controles del Raptor están aquí! –interviene Will, entusiasmado.

–¿Cómo? ¿Qué quiere decir eso? –ante la pregunta, Linda responde.

–Señor... que los controles de mando son éstos... pero no se puede transferir a los pilotos.

–¿Y qué hacemos?

–¡Combatir con ellos! Entrar en combate, pronto –dice Will.

–Agente, usted fue piloto en Bosnia.

–Señor, pero no de combate.

–Señor... Linda puede, ella conoce bien los controles del F-22, son sus favoritos –añade Will.

–¿Es cierto, Linda? ¿Los conoces? –pregunta Robert Alexander, sorprendido.

–¡Sí... conozco su sistema operativo y sus programas de combate!

–Pues active su programa de combate y tome los controles de mando. Asumo la responsabilidad y le autorizo. Comuníquese con el piloto y dele la clave Alfil IV –exclama el agente de la CIA.

–Pero.. señor... no debo, no debo... –dice Linda, tímidamente.

–Le estoy autorizando, active el programa y tome el mando –le insiste enfático el agente.

–¡Hazlo, él te está autorizando! Activa el programa, Linda –exclama Robert Alexander.

–¡Sí, jovencita, hágale caso! Active el programa y tome el control, no tenemos mucho tiempo, te apoyamos. No temas –añade el Director, dando una suave palmada en el hombro de la joven.

–¡Sí... sí! –exclama Will, emocionado se levanta.

Inmediatamente aparecen en las pantallas el F-22 Raptor acercándose a los UAV que mientras se alejan, disparan sin cesar contra las estructuras de la base. La veloz nave lanza varios misiles que impactan a uno de los UAV. Al ver esto, los agentes rodean a Linda, sorprendidos ante la destreza de ésta al derribar al no pilotado.

Con miradas de sorpresa, éstos observan fijamente en la pantalla, como el veloz y ágil Raptor se acerca a los UAV. Con magistral destreza Linda se mueve entre ellos. No se habían equivocado, sus rostros lo reflejaban. Estaban ansiosos y emocionados. El nerviosismo les había abandonado, estaban optimistas, se notaban seguros.

Este cambio de acción, el nuevo panorama de combate alteró diametralmente el estado de euforia que reinaba minutos atrás en el centro de mando de los rebeldes. El comandante a cargo de la misión sorpresa para atacar a la base norteamericana está frente a las pantallas observando todo lo que ocurre.

Su rostro y su ánimo cambió bruscamente al ver la inesperada respuesta de aquella fuerza aérea que les echaba por el piso la incursión de los UAV, perdiendo uno de éstos.

–¿Qué está pasando? ¿De dónde apareció ese maldito caza, hijo de perra? ¿Por qué no se retiró, por qué? –reacciona el comandante, furioso, alterado.

–¡No sé... no sé! –responde Jerry.

–¡Oye, maldito bastardo! ¿Por qué no obedece los comandos de interferencias y bloqueo? –grita el técnico rebelde.

–No sé, desconozco. Ése es un F-22 Raptor y están preparados para la batalla de la tecnología avanzada, es inteligencia artificial – responde Jerry.

–¡Y qué me importa lo que tenga! ¿Por qué continúa atacando? –exclama el comandante, alterado.

–¡Están bloqueando las interferencias, se protege de las señales extrañas, están preparados para eso –explica Jerry.

–¡Maldito mocoso... pues haz que se retire! ¡Bloquéalo... bloquéalo! –grita el comandante, alterado, furioso.

En ese momento el F-22 hace unos giros inesperados y se posiciona detrás de dos UAV, los ubica en la mira y le lanza proyectiles a ambos. En segundos cada misil sigue a su blanco y sin que la señal de interferencia rebelde lo pueda evitar, éstos impactan a los no pilotados. La pantalla muestra las escenas que transmite directamente el Raptor, en el mismo instante en que las dos máquinas explotan al ser impactadas.

Dos bolas de fuego y de metales iluminan la zona desértica, alumbrando parte del campamento, de la base norteamericana. Así mismo el caza muestra en su pantalla como se eleva y se aleja velozmente del campo de batalla, dejando atrás a los restos de los flameantes UAV que caen en erráticos giros.

Y miles de kilómetros, surcando el océano, en el laboratorio forense del Buró, los agentes rodean a Linda y saltan riendo. La alegría y el entusiasmo al ver el resultado del enfrentamiento entre las naves, en manos de la chica, los hace gritar de júbilo. Todos ríen y aplauden, dando ligeras palmadas en el hombro de la joven y dándole la mano. Will la abraza y los agentes hacen lo mismo.

–¡Lo lograste, chica... lo lograste! – exclama Robert, alegre.

–¡Eso es... eso es, amiga! –dice Will, emocionado.

Su amigo la abraza, pero ella no responde, su rostro refleja temor. Éstos se dan cuenta que algo pasa y dejan de celebrar. Todos hacen silencio, el momento de celebración se cortó abruptamente.

–¿Qué pasa, Linda? ¿No te alegras de que los liquidamos, que salvamos la base? –pregunta Robert Alexander.

–Sí, me alegra, pero... es que pienso en Jerry. Recuerden que lo deben estar amenazando... y lo que acaba de pasar es una derrota para los rebeldes... que lo pone a él en peligro.

–Es cierto, disculpa, lo olvidamos por el momento...

–Amiga... pero fíjate bien en las maniobras de los UAV. Son muy torpes. Jerry no está al mando de las naves, son los rebeldes. Él es muy diestro en ese tipo de combate –expresa Will, emocionado.

Aquellas últimas palabras de la chica los había dejado en silencio, sin comentarios adicionales a los del compañero. En cierta manera ésta se había percatado de lo que ocurría con su amigo, de la delicada situación en que se encontraba y no podía celebrar lo que podría ser la sentencia final de su amigo secuestrado. Los agentes captaron de inmediato el mensaje. La chica tenía razón. Aquella victoria sobre los UAV podría ser su última acción.

Los rebeldes del centro de mando rebelde en el desierto de Afganistán no celebraban. Sus ánimos estaban exaltados. La ira se apoderó de ellos al encontrarse en aquella encrucijada que resultó en una aplastante derrota de su misión. Lo que aparentaba en sus inicios como un ataque sorpresa perfecto, de blancos frágiles e indefensos, culminó en la pérdida de varias de sus valiosas aeronaves UAV.

El comandante rebelde le increpa a los técnicos, iracundo, exaltado y fuera de control. Éstos no pronuncian palabra alguna, todos están cabizbajos ante la furia de su comandante que camina de un lado a otro haciendo ademanes erráticos y gesticulando.

–¡No entiendo cómo esos ineptos permitieron que ocurriera esto! –exclama el comandante con rabia y coraje.

–Comandante, algo pasó con las señales del comando, porque ellos también fueron intervenidos –interviene un técnico.

–¿Quiere decir que el mocoso bastardo no pudo evitar las intervenciones contra nuestros aviones?

–No señor, no tuvieron control. Otra señal con códigos extraños intervino y les quitó el control de lo que pasó.

Al escuchar la respuesta del técnico rebelde, el comandante da un puño sobre la mesa de los equipos y tira al suelo los mapas y hojas de gráficas de las coordenadas.

–¡Malditos... ahora sufrirán la embestida de toda nuestra fuerza! Envíen el mensaje a todos los comandos para que se activen a la misión final, que dio inicio... ¡Malditos mal nacidos!

X

Las últimas escenas de las transmisiones de la incursión de las aeronaves rebeldes, los UAV, en el ataque sorpresivo a la base norteamericana en la zona desértica mantenía a la división de investigación forense en alerta máxima. El movimiento de los agentes de un lado a otro con una prisa fuera de la rutina, era reflejo de la densa tensión que se vivía en esas oficinas.

Robert Alexander se encuentra con el Director y los agentes de la CIA. Los últimos mensajes interceptados eran tema de discusión. Estaban fuera de la tónica común, no se ajustaban a lo acostumbrado, había algo extraño en éstos.

–Alexander, los mensajes están ahí... encriptados como una tumba –comenta el Director.

–Recuerden que este grupo siempre recurre a crear un código distinto cuando activan una misión fuera de su territorio... ésa es la estrategia –interviene uno de los agentes del Buró.

–Es correcto, pero por los recientes acontecimientos es probable que hayan dado inicio a una de sus misiones suicidas. No creo que se queden tranquilos por las bajas de esa flota de UAV –añade Robert Alexander.

–¿Qué usted piensa? Explíqueme.

–Me parece que un ataque con los UAV no es posible en este momento. Les tomará tiempo reponer los perdidos.

–¡Espere, Alexander! ¡Mire la pantalla! La Central está aplicando unas fórmulas al programa para descifrar los mensajes –interviene el agente de la CIA.

–¿Qué misión maquiavélica es ésa? ¿A qué se refieren con los "demonios sueltos"? –cuestiona el Director.

–No tengo idea, porque hay que ver el resto del mensaje y todavía no logran descifrarlo –explica el agente de la CIA.

–Considerando los daños que sufrieron, es posible que se estén preparando para algo grande... –añade Robert Alexander.

–Tenemos que prepararnos. No creo que la Central le deje a la Alianza toda la defensa de los blancos –dice el Director.

–Señor, ya vio la lista de las ciudades, Chicago, Los Ángeles, Washington y... New York –señala el agente de la CIA.

–Señor... me preocupa el chico Douglas –dice Robert.

–Recuerde que ya el Presidente ordenó prioridad a su búsqueda, no importa cuántas agencias tenga que utilizar –responde el Director poniendo su mano sobre el hombro de Robert Alexander.

Las palabras del Director le resultaban un aliciente a su preocupación por el secuestro del chico. No podía quitar de su mente las ocasiones que lo encontraba al salir en la mañana y traer a su mente los crudos incidentes en Afganistán.

Los recuerdos le asociaban la pérdida de su vecino a manos de los rebeldes, los duros momentos donde los tuvo que enfrentar y salir con vida.

El incidente del inesperado ataque a la base norteamericana, la llegada sorpresiva de los UAV, invisibles para los radares había creado un choque inusual, desconcertante. Los rebeldes lograron destruir abastos claves del campamento, pero también sufrieron el revés de perder varios de sus aeronaves.

La confusa llegada de los cazas los desajustó, les confundió. El coraje y la rabia de su comandante no se dejó esperar. Aquello representaba una derrota a su ego, a su carrera dentro de la organización terrorista. Era una caída de su supuesta guerra santa de crímenes sin razón, de ideas distorsionadas en su reinterpretación de las enseñanzas reales de sus ancestros. El odio lo invadía, el coraje lo vencía haciendo que desvariara en sus órdenes.

El ánimo en la cabina de controles, del centro de mando rebelde en el área de edificios abandonados era desesperante para sus ocupantes. Todos están alterados, discuten furiosos, unos gritan a los otros hasta que el comandante rebelde da un golpe fuerte en un escritorio.

–¡Maldición, silencio! Esos hijos de perra lo pagarán. ¡Bastardo, tú eres el culpable de que hayamos perdido los aviones, hijo de perra, mal nacido! –grita furioso el comandante rebelde, dando una bofetada a Jerry.

–¡Señor, señor! ¡Tenemos un comunicado urgente de la base! –exclama un técnico, señalando una de las pantallas.

–De acuerdo... de acuerdo... Eso es lo que tenemos que hacer, malditos. Soldados, prepárense porque se activó la misión final.

–Comandante, los comandos ya se están comunicando y se activaron.

–Señor... ¿Qué hacemos con el bastardo? ¿Lo llevamos o lo dejamos aquí... frío?

–¡No, no! El mal nacido nos servirá para completar la misión –responde el militar, haciendo un movimiento con la mano para que se marchen del lugar.

El vehículo sale lentamente del edificio y se dirige con las luces apagadas por la oscura calle, solamente iluminada tenuemente por la luna nueva. Así, cruza la zona de lo que en un momento fue un complejo industrial. Al salir a las calles iluminadas enciende las luces y acelera hasta perderse entre las anónimas calles del lugar.

XI

En la ciudad, el movimiento de su actividad rutinaria era la misma. Las avenidas, menos congestionadas y con un paisaje de luminarias que reflejan el carácter cosmopolita que define a Washington. Su gente, el noctámbulo y los que aprovechan las frías temperaturas para sus acostumbrados paseos, se mezclan en un particular caminar nocturno.

Los visitantes de la pintoresca urbe salen de sus lugares de reunión y matizan con su continuo ir y venir la actividad humana de la capital de la nación. El colorido de sus diferentes nacionalidades resaltan el toque hospitalario de la gran ciudad.

Uno de los clásicos y reconocidos hoteles es el preferido del Buró para ubicar a las personas que de alguna manera son de gran interés. En una de sus habitaciones, de forma anónima, los agentes escoltas cruzan de un lado a otro como si fueran huéspedes, visitantes y turistas que aprovechan la noche para sus ejercicios caminando de un piso a otro.

Linda y Will están en una de las habitaciones, rodeados de varios agentes del Buró que los custodian. Ambos jóvenes están sentados frente a sus laptop. Están absortos navegando en el mundo cibernético, como si el mundo a su alrededor no existiera.

–Linda... ¿Crees que rescatarán a Jerry? Tengo mucho miedo... –dice Will, ansioso, nervioso.

–No sé que decirte... Tenemos que confiar en estas personas. Ellos saben dónde buscar. Sé que lo traerán... lo extraño... –y comienza a sollozar, llevando sus manos al rostro.

–No llores amiga... porque lo van a rescatar pronto... lo extraño también.

–No sé porqué lo hicimos... Teníamos que negarnos a hacerlo. Mira ahora las consecuencias –tras estas palabras continua sollozando.

El miedo y la preocupación de los dos jóvenes por su amigo secuestrado no los abandonaba. Estaban asustados, presa del miedo, del terror. En la conversación reflejaban su hondo temor por lo que habían hecho sin darse cuenta de las amplias repercusiones que comprometían sus vidas y la seguridad de su nación.

Ignoraban los alcances tan devastadores de aquel momento en que entraron a las redes del peligroso grupo rebelde del Medio Oriente. Desconocían la amplitud de los incidentes bélicos que desencadenaría aquella incursión en los controles del centro de mando del violento comando militar.

Una de las consecuencias era que las agencias de inteligencia se habían activado ante los recientes incidentes. La entrada de miembros del grupo rebelde a una de las zonas residenciales de la ciudad de Washington había identificado un elemento que las autoridades de defensa no se imaginaban ocurriría.

No lo contemplaban en sus protocolos como una incursión a los sectores civiles, menos de la forma como ocurrió, el secuestro de un joven hacker. Se les escapaba el nuevo estilo de guerra que se cernía sobre ellos. Una modalidad diferente, con otras herramientas, más silenciosas, pero más terribles, de mayor alcance y devastación.

Para las agencias de seguridad nacional y de inteligencia aquellos eventos de la últimas horas, en lugares tan distantes, pero con un carácter tan similar eran un reto de grandes proporciones. No tenían reglas ni protocolos escritos para algo como lo que estaba por ocurrir.

Robert Alexander, el Director y los demás agentes conocían la modalidad de los incidentes y de los atentados en las tierras del Medio Oriente, pero las amenazas que se avecinaban sobre su propio suelo, los estremecía.

Estaban consternados ante lo que podría definirse como una avanzada de terrorismo sin precedentes dentro de su misma tierra, de su ciudad, donde vivían, donde trabajaban, donde llevaban a cabo su actividad diaria y no podían permitir que ocurriera. Ese era el mensaje que se movía en sus mentes.

Eran agentes de mucha experiencia, de mucho temple y sabían que no le podían fallar a su nación. Jamás permitirían que aquellos furibundos rebeldes que odiaban la vida y se odiaban ellos mismos, trastocaran lo que era su sueño de vida, su mundo, sus logros como pueblo, como nación. Robert no dejaba de pensar y de debatir en su interior ese razonamiento, atándolo a rescatar a su joven vecino e las sanguinarias manos de sus captores.

Se les iba la vida en eso, se les iba el tiempo y la incertidumbre los ponía en una situación insostenible. Tenían que actuar, deberían encontrar la respuesta que les permitiera llegar a las claves encriptadas que los llevaría al rescate de Jerry. Se lo debían a su madre, a la mujer que perdió a su pareja, a su esposo en tierras lejanas, luchando por su nación.

Más aún, se lo debían a aquel arrojado chico que logró sacar a flote la presencia soterrada de aquel grupo de rebeldes que vivía escondido en su tierra, en su ciudad. Y las horas pasaban, ligeras, sin darles oportunidad de encontrar la calma dentro de la prisa para rescatar al joven que estremeció en las entrañas a aquel siniestro grupo, como nadie lo había hecho.

XII

En el laboratorio forense del FBI, donde se buscaba cada detalle del incidente, un técnico de la CIA muestra en las pantallas los nuevos mensajes decodificados a Robert Alexander y al Director del Buró. Los últimos hallazgos los llevaba a reconsiderar los siguientes planes de contingencia.

–Lo que más le preocupa a la Central son los ataques a pequeña escala –dice el agente de la CIA, señalando las gráficas en una pantalla.

–Al Buró también le preocupa, porque hacen estragos y afectan a la población civil –añade el Director.

–Señor... están llegando nuevos mensajes y dan la ubicación de los sospechosos. Agente Connors... ¿Todavía no tienen la localización de los secuestradores? –pregunta Robert Alexander.

–Lamentablemente, no. Todas las agencias de inteligencia de la nación están en alerta máxima y no se ha logrado identificar una sola pista de los sujetos –responde el técnico de la CIA.

–¡Espere... espere! ¡Miren! –exclama Robert, señalando las pantallas.

Éstas muestran un área de puertos de embarque incendiándose, varias explosiones, una seguida de la otra. Después de esa escena aparece otra en un área de producción de energía eléctrica. Varias torres están en el suelo con cables caídos y otras a punto de caer. Hay cables de corriente chocando con las estructuras y produciendo incendios.

El panorama es de total caos, una gran generadora devastada y colapsando frente a ellos, sin que se pueda evitar.

–Señor... me comunican que vayamos a la frecuencia interna de emergencia –exclama el técnico de la CIA.

En segundos aparece en las pantallas la figura del Secretario de Defensa junto a los Directores de la CIA, del FBI y varios militares.

–Señores... Estamos activando a todas las unidades de campo para que localicen a los sospechosos de la lista, lo más pronto posible. Nos llegó un comunicado de los autores de este atentado criminal. En este momento estamos activando el protocolo "peones en el field". Éste es el mensaje... véanlo.

Al instante desaparece de las pantallas para aparecer en éstas un sujeto encapuchado hablando, que con marcado acento atribuye los atentados a un grupo rebelde afgano que representa al resto de los grupos árabes. Con duración de pocos segundos, el video concluye, dejando la pantalla en negro, sin sonido.

–Esto se complica más... Estos ataques tienen un distintivo muy particular... –comenta el Director.

–Estoy de acuerdo, señor... –añade el agente de la CIA.

–Me parece que ese distintivo viene del secuestro del chico Douglas. Los ataques a lugares que no son militares son el estilo de los rebeldes –comenta Robert Alexander.

–Tiene razón, agente Alexander. Es su estilo, lugares que mueven la infraestructura, puertos, energía eléctrica –dice el agente de la CIA, activando las pantallas donde desfilan diferentes escenas de atentados terroristas en diferentes lugares.

–Lo que no tengo claro es cómo fueron perpetrados los ataques. No se ha mencionado comandos armados, carros bomba... es extraño... –comenta el Director.

–Señor, la clave es el chico Douglas –interviene Robert.

–¿El chico Douglas? –pregunta el Director.

–¡Sí...! Fíjese que al momento no hay evidencia física de los atacantes.

–Espere... espere, hay unos videos de las cámaras de seguridad que lograron quedar integras –interviene el agente de la CIA.

–Entonces, vamos a repasarlos, quizás encontremos algo –dice Robert Alexander.

–Alexander, los videos están en manos de los especialistas de la CIA. Tienen que haberlos revisado uno a uno. Vamos a esperar para ver qué encuentran –dice el Director.

–Señor, creo que no perdemos nada con repasarlos –dice el agente de la CIA.

–Bien... de acuerdo, revísenlos –confirma el Director.

Los videos de seguridad eran una evidencia que les podría confirmar si sus conjeturas tenían lógica o no. Eran una prueba de lo que habían captado las cámaras y ésta podría mostrar algún detalle que ellos no se habían percatado.

Robert Alexander despliega los videos del incidente de los ataques. Las pantallas muestran cada momento, desde el inicio hasta que comienzan las explosiones, el fuego y la destrucción. Sólo que las escenas desfilan una tras otra sin presentar la forma cómo se llevaron a cabo los atentados.

Eso los confunde, no hay explicación a lo que están presenciando. No hay detalles que les arroje luz sobre lo que estaba ocurriendo.

–¡Alto, alto! Agente, vuelva al principio de esa parte donde cae una torre... Ahí aparece algo extraño –exclama Robert.

El técnico inicia nuevamente el video y lo ubica en la escena donde su compañero le señala.

–Miren ese resplandor que aparece y desaparece, luego sale un proyectil –comenta Robert.

–¡Sí, se ve un resplandor, pero ésos son los reflejos de los focos y las explosiones –argumenta el Director.

–¡Sí, se ve un resplandor... pero...! –interviene el técnico de la CIA, dudando.

–Miren bien que el resplandor se mueve y luego aparece el proyectil –explica Robert.

El técnico pasa nuevamente la escena, una y otra vez. Acciona varios códigos y hace unos acercamientos, tratando de ajustar la definición de los detalles. Éstos la observan con detenimiento, sin comentarios. Hay una pausa larga, pero el técnico interrumpe.

–¡Es cierto... es cierto! Mire, señor cómo se mueve ese resplandor y luego desaparece. Observe la salida del proyectil, apenas se ven, pero son los que causan la explosión.

–¡Maldición! Tienen razón, tienen que haber atacado por el aire... pero... ¿Cómo? Los sistemas no mostraron aviones, ni helicópteros, ni otro tipo de nave... ¿Cómo...? –argumenta el Director.

–Señor, sencillo... Usaron los UAV... –responde Robert.

–¿Los aviones no pilotados? ¿Y por qué los sistemas no los detectaron, por qué?

–El chico Douglas, lo mismo de los ataques a la base en Afganistán. Es la misma estrategia, el mismo patrón, invisibles para los radares. Señor... están utilizando al chico para evadir los radares y poder utilizar los UAV para atacar los puntos claves. ¡Eso es, señor! –explica Robert Alexander ante la mirada de sus compañeros.

Un silencio largo impera en la sala de equipos. El Director y el agente no responden, se quedan pensativos, mirándose entre sí. Aquel detalle había pasado desapercibido por los agentes que examinaron los videos.

Aquel fugaz rayo de luz que podría haberse interpretado como lo hacía el Director, le había dado un elemento clave para la investigación. Definitivamente que Robert Alexander tuvo el juicio de ver el fino detalle que sus compañeros no percibieron.

Así, pensativos y preocupados por la encrucijada que resultaba aquel rayo de luz dentro de un cúmulo de explosiones, de fuegos, de cables de energía eléctrica chocando con las estructuras, creaba más confusión, preocupación.

Los agentes salen de aquella sala fría de equipos que sólo le daban un ápice de la incógnita del atentado. Un silencio los une, una ausencia de palabras que tenía un significado tenso, de incertidumbre, fuera de sus límites de especialistas acostumbrados a las emociones fuertes y estremecedoras.

Llegan a la oficina del Director y se acomodan, preocupados, con los rostros compungidos.

–Alexander... usted tenía razón. La Central sometió a varios análisis y evidenciaron que cuatro UAV fueron los que atacaron la zona portuaria y la planta generadora –comenta el Director.

–Sabía que lo encontrarían, son demasiado raros... extraños.

–No aparecieron registrados en los radares, pero en las tomas de las cámaras y al someterlas al sistema infrarrojo, aparecen los UAV lanzando proyectiles –explica el Director.

–No hay dudas sobre lo que dice el agente Alexander, señor. La evidencia es clara. Los rebeldes están usando la técnica de la invisibilidad de los UAV para sus blancos –dice el agente de la CIA.

–Señor... ¿Qué podemos hacer? –pregunta Robert.

–Creo que tenemos que explicarles a la Central lo que ocurre. Ellos nos deben permitir acceso a otro nivel, nos tienen que incluir en su investigación –dice el Director.

–Eso sería ideal, señor... perfecto –añade Robert.

Aquel comentario del Director era el pedido silencioso que los agentes esperaban, como si éste hubiese leído sus pensamientos. La única manera de Robert saber lo que estaba ocurriendo con Jerry era acceder a otro nivel de investigación y ése sólo era permitido a la Central. Ésta a su vez se conectaría con sus divisiones a Seguridad Nacional por tratarse de un atentado terrorista.

XIII

La presencia de sospechosos rebeldes de un grupo terrorista árabe, hacía trascender la investigación a otros niveles de inteligencia de otra magnitud. Otras agencias ya estaban trabajando en silencio y recopilando material de evidencia que los condujese a los autores intelectuales del ataque.

Los agentes sabían que sería sumamente difícil entrar a ese tipo de investigación, a esos niveles donde sólo el Presidente podría autorizarlos. Robert meditaba sobre esa posibilidad. La presencia de Jerry y el incidente de su secuestro, junto con el pedido del Comandante en Jefe sobre la prioridad e importancia del acto, le llevaban a pensar en la posibilidad de lograr acceso a ese nivel.

Aquellas últimas horas de la noche y los recientes atentados, habían elevado la tensión de los agentes. Estaban en una incertidumbre que los confundía más, al no ver la posibilidad de recopilar mayor evidencia para entrar en acción.

Esa misma tensión e incertidumbre agobiaba a los jóvenes amigos y compañeros de Jerry. Se encontraban en la habitación del hotel donde estaban custodiados por un fuerte contingente de agentes del Buró.

Para éstos aquella inusual reunión, ese extraño encuentro adquiría otros matices. Aparte de lo tenso y doloroso de estar juntos, sin desearlo, aparecía el fantasma del secuestro del chico que podría estar en esos momentos sin vida. Eso les aterraba, aunque no lo expresaran, aunque no lo verbalizaran.

Así, Linda conversa con la madre del joven secuestrado, Hellen. Will está a su lado, compungido y ansioso.

–Linda... hija, sé que estás tan preocupada como yo, pero... ¿Sabes qué hacía Jerry que provocó que esos hombres lo secuestraran?

–Señora... no sé, no sé. Sólo sé que al parecer él entró en alguna señal de esos hombres... quizás ésa fue la razón... quizás fue eso... –responde con timidez

–¿Y tú... Will?

–Señora... desconozco... no sé...

–Creo que desde que su padre partió... él ya no fue el mismo... y se refugió en las computadoras, en los video juegos. Ése fue su mundo... bueno... y ustedes también.

–Señora Hellen... Jerry extrañaba mucho a su padre... lo admiraba, era su figura más admirada –le dice Linda.

–Claro, lo reconozco, pero él se fue. Me quedé también sola y... pues ya ustedes saben... me refugié en George y después... pues... Ya saben, no he podido salir de este vicio. El alcohol me está matando y ahora... me quitan a mi hijo... ¡No! –y se descontrola llorando, se levanta para caminar de un lado a otro, Linda se levanta también para llegar hasta ella y abrazarla con ternura. Will se acerca también y las abraza, los tres están sollozando, sin poder contenerlo.

Aquella escena era conmovedora, estremecedora. Los jóvenes se enfrentaban a la madre de Jerry, de su amigo y compañero de clases. Jamás se hubiesen imaginado que cuando estaban detrás de aquellas laptop, ingresando códigos y haciéndose parte de lo que éste hacía, no se percataban de sus terribles y angustiosas consecuencias.

El abrazo de la madre a ellos era como sentir que su dolor lo podría compartir con esos dos chicos, como si fuesen una proyección de su secuestrado hijo. Éstos la comprenderían, entenderían su tragedia porque de cierta manera, estaban pasando el mismo trago amargo de la ausencia del joven.

Aquella escena era ajena a lo que se respiraba en las avenidas de la capital de la nación. La histórica ciudad guardaba también muchas familias como la de Jerry, como la de Will y como la de Linda, que con elementos distintos, pero padecían y sufrían de igual manera, con la misma intensidad.

La gente, la misma que caminaba por los alrededores de la Avenida Constitución estaba ajena a lo que estaba ocurriendo en los niveles secretos de las agencias de defensa y de inteligencia. Los incidentes recientes no eran predecibles por su naturaleza misma.

Estos organismos del gobierno que estaban a cargo de mantener segura a la población y a su ciudad, ignoraba los próximos pasos del grupo rebelde. Crecía la incertidumbre sobre sus próximas acciones, a pesar de la sofisticada y avanzada tecnología , de las redes satelitales y de las más avanzadas herramientas de espionaje virtual.

La ciudad se mantenía funcionando con su rutina habitual, normal, con todas sus facilidades trabajando sin ninguna preocupación, sin nada que altere su quehacer cotidiano. Todo marcha normal, calmado, sin alteración de su diario.

Un camión se desplaza a velocidad normal por una de las avenidas principales de Washington. Llega hasta una esquina y gira para salir y entra a una de menor tráfico. Luego de un tramo de varios minutos, una camioneta se acerca y se estacionan uno cerca del otro.

Un individuo baja de la camioneta corriendo y se acerca a la parte trasera del camión, de donde le abren una puerta para que éste entre. Tan pronto ocurre esto, ambos vehículos aceleran y abandonan rápidamente el lugar, para perderse en la concurrida avenida.

En el interior del camión, el individuo le entrega una carpeta al comandante rebelde. Éste lo revisa rápidamente y lo pasa a un técnico, quien a su vez lo mira y lo pone en manos de Jerry. El joven, asustado y temeroso mira lo que le dejan, sin explicaciones. Está asustado, nervioso y con manos temblorosas.

–Vamos a ver... bastardo mocoso, fíjate bien en las coordenadas, porque son nuestros blancos preferidos. ¿De acuerdo?

–Pero señor... esos lugares... –titubea Jerry, nervioso.

–¿Qué pasa con esos lugares? A ver... –grita el rebelde.

–Señor, esos lugares tienen el espacio aéreo demasiado protegido –responde Jerry, asustado.

–Maldito bastardo... nadie te ha pedido opinión. Sólo obedece lo que él te ordena y ya. Lo entiendes?

–¡Sí... sí, señor, lo entiendo! –y se acerca el Comandante.

–Muy bien, ya estás entendiendo.

Los rebeldes estaban molestos con el joven y furiosos por las bajas del enfrentamiento con los cazas. El camión donde se encontraban había llegado a un amplio almacén del edifico abandonado. Sus ocupantes, los rebeldes, el comandante y Jerry salen del vehículo y suben a una oficina que ubica en un nivel alto. En su interior están varios individuos manejando varios equipos de comunicaciones y entregando a otros carpetas con documentos.

Los sujetos no vigilan a Jerry como en otros momentos. Al parecer el sitio era uno de sus cuarteles secretos, por eso la confianza. El joven camina hasta un gran cristal que permite visualizar todo lo que ocurre en el exterior, en el amplio almacén.

Con timidez mira a los individuos y al ver que no lo vigilan, abre la puerta aledaña al cristal y sale. Un pequeño balcón da acceso a una vista panorámica de todo el lugar. Desde allí puede ver lo que sucede, el movimiento de los rebeldes y de sus vehículos.

En un instante, con rapidez entran por la gran entrada varios vehículos, unas camionetas, camiones livianos y un auto. Como una operación militar, los individuos comienzan a descargar cajas de éstos. Otros las mueven a una zona que iluminan al acto.

El rostro del joven cambia al ver que aparte de otras cajas, hay varios UAV de diferentes diseños en proceso de ensamblaje. Al parecer tienen prisa, pues abren las cajas y comienzan a trabajar con las máquinas.

Todo indica que aquellos sujetos están montando las piezas que faltan de las aeronaves. Ese movimiento estremece a Jerry, entiende lo que significa aquella logística. Están preparando otras naves porque son parte de alguna misión que desconoce.

El joven está tan embelesado observando lo que ocurre en el enorme salón con aquella maquinaria, que no se da cuenta que el comandante rebelde sale y se le acerca, lentamente.

–¿Estás viendo nuestro nuevo ejército? Ésa será nuestra nueva arma para demostrar nuestro poder –diciendo esto, aparece un técnico.

–¡Comandante... señor, se acerca el nuevo suministro! Ya están en ruta, llegan en pocos minutos –exclama ansioso.

–Perfecto... perfecto... Americano, prepárate porque te espera un trabajo muy importante. Te estamos dando la oportunidad de pasar a la historia como un gran mártir... aunque no lo entiendas. ¡Maldito bastardo! –dando media vuelta, se retira del balcón de lo que parecía ser un lugar de seguridad.

Jerry entiende el último mensaje del comandante rebelde. Le quedó claro lo que éste decía con su nueva arma. Se refería a los UAV, serían sus armas de ataque, silenciosas, fácil de ocultar a los radares y livianos para transportar a los lugares que ellos escogieran.

Aquello era aterrador para su joven siquis, inesperado y abrumador. Quedó estático, rígido mirando al lugar donde los individuos descargaban las cajas y los equipos. Sin dudas que ese movimiento tan rápido, con tantos hombres cargando y descargando cajas y montando piezas en aquellos artefactos era demasiado sospechoso. El panorama era de incertidumbre mezclada con temor.

La dinámica de aquellos hombres moviendo equipos y piezas de lo que podría representar un posible atentado fatal utilizando aquellas aeronaves es un choque emocional para el joven. No pensó jamás que su incursión en aquellas redes desembocaría en aquella pesadilla.

Para Robert Alexander que en esos momentos, distante, en lados opuestos de la misma ciudad, se desplaza en una camioneta del Buró por la Avenida Constitución acompañado por el Director. En otro vehículo, les custodian varios agentes de la Central que ya había entrado en la misión. Ambas agencias de seguridad conocían los alcances de las actividades de este grupo rebelde. Tenían la prueba del reciente atentado a la zona de las generadoras.

–Señor... dicen de la Central que estamos tarde, que el Secretario ya está en la oficina –dice el Agente Adams.

–Entendido, entendido. Ya escuchaste Smith. ¡Acelera!

Las camionetas encienden las luces de emergencia y aceleran cruzando de un lado a otro, abriéndose paso entre el tráfico de la avenida. En pocos minutos, desplazándose de una calle a otra llegan al estacionamiento soterrado de la agencia. Con la misma prisa que llegaron, Robert Alexander, el Director y sus compañeros llegan a una oficina. Con unos saludos cortos y sin mucho protocolo, llegan hasta el Secretario de la Defensa, que los espera.

–Buenas tardes, señor Secretario... Disculpe la tardanza. El tráfico está pesado –dice el Director.

–No se preocupe señor Director, ya está aquí, eso es lo importante. Saludos muchachos.

–Buenas tardes, señor Secretario –expresa Robert Alexander.

–Bien... Les pedí que vinieran porque hay una situación que requiere máxima confidencialidad y por la naturaleza de lo que se espera.

–Estamos consientes de lo que nos explica... entendemos la prioridad –responde el Director.

–El Director de la CIA estuvo de acuerdo en que los incluyera en este caso... como un grupo desconectado de la agencia y del Buró, principalmente por usted, agente Alexander.

–¿Por mí, señor? Eso es un honor.

–¡Sí, por usted Agente Alexander! Fíjese que interceptamos unos mensajes codificados de una célula rebelde. Mencionan algo que nos parece que usted puede ser una pieza clave para esta misión.

–Usted dirá, señor Secretario...

–Señor Director... Muchachos hay un posible ataque a diferentes puntos de Washington. La razón por la cual le integramos a usted Alexander es por el tipo de ataques.

–Entiendo señor, pero... ¿Ya tienen identificados los puntos de ataque y la forma cómo lo harán? –pregunta Robert.

–La agencia desarrolló un tipo de tecnología que puede penetrar las señales de comunicación y con ellas interceptar las conversaciones. Así logramos identificar algunas zonas como posibles blancos y aparentemente su principal tarjeta es el Washington Mall –explica el Secretario.

–¡Santos cielos, señor ese lugar siempre está abarrotado de turistas! –exclama el Director.

–Así es, pero lo preocupante es el método. No tenemos completamente decodificados los mensajes, sólo unos segmentos que sugieren que igual pasó con los ataques recientes, utilizarán nuevamente los UAV.

–Señor... ¿Tienen información de su lugar de operaciones? –pregunta Robert.

–Tenemos evidencia de que su centro de operaciones debe ser móvil, así lo muestran los localizadores.

–En otras palabras, están en constante movimiento, lo que nos imposibilita identificar el vehículo que utilizan –comenta Robert.

–Es correcto, pero... Agente Alexander... siento decirle que aparentemente el chico Douglas está relacionado con los ataques. Estamos siguiendo las pistas y creemos que lo utilizarán para atacar de nuevo. Solamente él tiene la capacidad de obstruir las señales... y eso me preocupa –concluye con palabras entrecortadas, el Secretario.

–Señor... ya estamos al tanto de que lo han estado utilizando para intervenir y bloquear las señales, pero los aviones que utilizaron para atacar, no han sido dirigidos por él –aclara Robert.

–¿Y cómo sabe que no es él?

–El día de los ataques, nos acompañaban sus dos amigos, un chico y una chica. Ella vio los programas de vuelo y las maniobras de los UAV y nos confirmaron que no era él, pues la forma como se desplazaban eran torpes y muy rudas. Ambos confirmaron que este chico es mucho más hábil que los pilotos de los aviones robot que atacaron ese día.

El Secretario escucha lo que Robert le explica y sin dejar de mirarlo fijamente, hace una pausa larga. Aquel silencio les indicaba que estaba analizando ese último dato. Su respuesta determinaría cómo sería el futuro de las próximas horas, los próximos eventos que definitivamente decidirían la seguridad y vida del chico Douglas.

–Bien... pues la otra parte que hace esta misión diferente y más confidencial es lo que les pediré ahora. Alexander, busquen a esos dos chicos y los tendrán con ustedes.

–¿Los chicos, señor? –pregunta Robert.

–Se les asignó un vehículo preparado para la misión. Estarán en constante movimiento. Ellos serán la contra propuesta a las estrategias de su amigo Douglas. Los tres conocen sus tácticas de ataque de los video juegos. Ya decidimos que los enfrentaremos con las mismas armas, con UAV militares de corto alcance y de maniobras rápidas –señala el Secretario con carácter.

–De acuerdo, señor, como usted indique –añade Robert.

–Bien... ya saben que están en la misión. Recojan toda la información y no olviden comunicarme cualquier detalle nuevo. ¿Entendido?

El grupo toma unas carpetas, hacen los saludos y abandonan la oficina. Aquellos documentos contenían las instrucciones de aquella misión que tocaba muy cerca la fibra emocional de Robert Alexander.

Ese chico representaba su vuelta al pasado triste y duro contra el cual todavía luchaba por erradicar de sus recuerdos. El padre del jovencito aparte de ser su vecino y su amigo, era compañero combatiente de la misma lucha contra el terrorismo de aquellos rebeldes que tanto terror y sangre inocente habían derramado. Por eso le resultaba difícil lidiar de forma imparcial con la misión.

En ese momento se dirigían al hotel donde se encontraban los chicos, compañeros de Jerry, a encontrarse con los siguientes movimientos e instrucciones asignadas personalmente por el Secretario de la Defensa. Aquella reunión le daba otro carácter a los próximos pasos del plan.

Los agentes llegan rápidamente al hotel. Deben comunicarse al instante con los dos jóvenes. Traen listas las instrucciones para dar inicio al contraataque, a iniciar formalmente la misión. Un agente les indica que los chicos están en el área de juegos.

Robert se adelanta y llega hasta ellos.

–¡Hola chicos! ¿Cómo están?

–¡Hola, señor Alexander! –saluda Will, de manera efusiva.

–¡Saludos, señor! Estamos bien, un poco preocupados porque no sabemos nada de Jerry –expresa Linda, en tono amable.

–Precisamente les venía a hablar de un asunto que les interesará. ¡Vamos, les explico en el camino!

Rápidamente los agentes y los jóvenes salen del área para salir al exterior. Se dirigen al estacionamiento, donde en un lugar restringido abordan el camión de la CIA, donde ubican el centro de controles. En pocos minutos, Robert Alexander, el Director, los agentes, Linda y Will se encuentran frente a un sofisticado equipo de comunicaciones, pantallas y sistemas de red satelital.

–Bien chicos, ya tienen las instrucciones. Los muchachos serán su soporte técnico con los satélites y los radares. ¿Listos? –pregunta Robert, sentándose junto a los jóvenes.

–¡Sí, señor... estamos listos! –responde Linda.

–¿Se sienten bien? ¿Todo en orden? –cuestiona el Director.

–¡Sí, sí, señor, todo en orden, sólo que estamos un poco nerviosos, sólo eso! –y mirando sorprendida los equipos, exclama–. ¡Esto si es un buen equipo! –comenta emocionada, Linda.

–Pues prepárense, porque pronto empieza la acción y esta operación dependerá de ustedes –les dice Robert, dando una palmada suave sobre los hombros de éstos.

Ambos chicos se miran, sonríen y se toman de las manos. Aquellas palabras del Director y de Robert les llena de optimismo. Saben que no estarán solos y que las agencias de seguridad están tratando de localizar a Jerry. Ya no tienen el terror de horas antes cuando pensaban que jamás verían con vida a su amigo.

El camión sale del lugar y se integra al congestionado tráfico que discurre por la Avenida Constitución. Luego de varios minutos, se estacionan en un área designada para vehículos grandes, camiones. Se detienen detrás de un camión de transporte de turistas. Cerca de éstos se encuentra también el de un equipo de football.

Mientras, las personas caminan de un lado hacia otro, unos de paseo, aquellos que circulan sin prisa, disfrutando del ajetreo citadino.

–¿Se dieron cuenta que los equipos son simples para manejar? –les comenta Robert.

–Sí... sí, pero es que su compañero nos está asistiendo para conectarnos a las señales de satélites –afirma Linda.

–¡Ya, chicos! Ustedes están preparados para enfrentarse a lo que viene, mejor que ellos... –dice Robert, riendo y dándoles la mano a ambos de manera afectuosa.

–Señor Director, tenemos unas señales extrañas que bloquean por momentos a los radares –interviene el técnico de la CIA.

–¡Alerta todos! Eso puede ser el aviso de un atentado –ordena el Director.

En ese momento se interrumpen todas las señales y las pantallas se quedan en blanco para luego irse en negro. Ante esto, todos se alteran, buscando respuestas en los equipos, Robert interviene de inmediato.

–¡Teniente, active los decodificadores y concéntrelos en las coordenadas asignadas!

–¡Entendido, señor, al momento!

–Linda... Will... ¿Listos? Prepárense porque ya estamos en la operación –interviene Robert.

–¿Ya... ya? ¿Ya estamos en qué? –pregunta Will, asustado.

–Will... Will... concéntrate en los comandos y prepárate... ¡Ya! –exclama Linda.

–Tranquilos chicos que estamos con ustedes –les dice Robert, acercándose a ellos y poniendo su mano sobre sus hombros.

–Señor, detecto unas pulsaciones anómalas en las coordenadas a 45 grados de uno de los blancos –señala el técnico.

–De acuerdo... Linda, concéntrate en esa zona. Posiblemente ahí aparezca algo.

Aquel tipo de comportamiento en esas señales era anómalo. Eso era indicativo de que algo extraño estaba ocurriendo, algo fuera de los sistemas de la ciudad estaba creando es alteración. Las recientes lecturas y tráfico de las comunicaciones mostraba una ligera intervención de eventos ajenos. Ante esto, las agencias de seguridad levantan la voz de alerta, de otro nivel, de otra prioridad.

En esas horas, la actividad humana de la ciudad transcurría como de costumbre, normal, ajena a lo que se cernía en los lugares menos imaginados. La presencia de esos movimientos raros de la red de comunicaciones alteraba la rutina de las agencias de seguridad nacional. Sólo que éstas no se imaginaban los alcances de esto.

La misma complejidad de la ciudad se encargaba de ofrecer las puertas abiertas para que ocurrieran incidentes inesperados. En un solar baldío, cerca de la Avenida Constitución ocurre algo inusual. Varios vehículos, grúas y camiones tipo plataforma con lonas cubriendo lo que sugiere ser su carga llegan uno detrás del otro, en caravana. Sugiere la movilización de una constructora, como si fueran a dar comienzo a una construcción.

Un grupo de hombres bajan a prisa de los vehículos y como en una ensayada logística, quitan las lonas que cubren la carga de los camiones. Así descubren cada uno de éstos dejando ver lo que transportan. En una formación muy ordenada, las once plataformas, cada una de éstas transporta unos artefactos, extraños.

Al momento, los sujetos suben y comienzan a trabajar en ellos. Otros bajan unas cajas y de éstas traen piezas que van instalando y conectando a los aparatos. Al parecer le están montando piezas adicionales, como si fueran máquinas que tienen que completar su montaje.

La actividad no dura mucho tiempo, en menos de una hora ya tienen los artefactos con todas sus parte. Varios sujetos conectan cables que instalan en otro vehículo. De esa manera pasan los minutos. Al rato cada uno de los artefactos está armado. Los sujetos culminan el trabajo y se detienen a observar.

En esos momentos los artefactos comienzan a activarse. Son UAV de diferentes formas y tamaños. Los sujetos comienzan a reír y a gritar de júbilo, cuando las aeronaves despegan una tras otra de las plataformas. Como una perfecta alineación se mantienen en el aire, quietas, esperando una por la otra. Luego de esta operación, las once máquinas rompen la rígida formación y salen a velocidad, en baja altura a dirección desconocida.

Mientras en el camión disfrazado de mudanza de los rebeldes, el comandante está eufórico de alegría. Los ocupantes del vehículo, centro de controles celebran el inicio de su misión.

–Llegó la hora santa de devolverles a esos impíos criminales su propia dosis de fuego. Mocoso bastardo... serás parte de este evento histórico. Serás un mártir pronto –expresa el comandante, dando palmadas fuertes en el hombro de Jerry, que lo mira aterrado.

–Comandante, las abejas vuelan libres y tranquilas –le informa el técnico.

–Muy bien Teniente. Prepare los ataques a los blancos según lo programado. Vamos, americano... dale duro a tus políticos.

Las pantallas muestran a los UAV en diferentes puntos, distantes unos de otros. Todos vuelan a baja altura y a gran velocidad. Así en pocos minutos se acercan a la zona de la ciudad, volando paralelos a la Avenida Constitución. Dada la altura la gente comienza a mirar al cielo. Las aeronaves llaman la atención.

Ese espacio aéreo está restringido, sólo la fuerza aérea puede surcarlo sin problemas, son los únicos autorizados. Aquella presencia de los aviones no pilotados resultan llamativos, aún para las autoridades.

Tan pronto los ven comienzan a enviar mensajes a las agencias de seguridad. Luego de varias maniobras aéreas sobre la zona, como una advertencia de lo que estaba por pasar, se desplazan a baja altura entre las estructuras.

De pronto, aparecen varios UAV de la Fuerza Aérea, acercándose a los que sobrevolaban a baja altura sobre la ciudad. En segundos, los militares toman formación y salen en dirección a donde están los UAV extraños.

Al estar en dirección a ellos, los UAV de los rebeldes, más pequeños se mueven entre los edificios y los confunden. De forma sorpresiva aparecen debajo de los militares, atacándolos, logrando derribar a dos de ellos. Los demás, por ser de mayor tamaño y más rápidos, enfilan a gran velocidad hacia la altura, fuera de su alcance.

Varias cuadras distantes, el camión con el centro de controles de mando de la CIA, estacionado en una de las calles aledañas a la avenida, reciben la información del incidente que se ocurre cerca de ellos. El técnico de la CIA trata desesperadamente de controlar el sistema de mando. Los demás controladores pierden el control de sus aeronaves, éstas no responden. Las pantallas interrumpen la transmisión de datos, quedan en blanco.

–Señor, acabo de perder el control del panel de mando. Las señales están bloqueándose –exclama el técnico.

–¡Linda... Will! Entren al sistema, ingresen códigos para desbloquear el panel de mando –ordena Robert, ansioso.

–Eso estamos tratando de hacer, señor... pero nos rechaza...

–Nos está bloqueando con algoritmos de secuencias primarias... –añade Will.

–Lógica cuántica aplicada, señor... Creo que no lo podemos hacer –exclama Linda, nerviosa.

La actividad de vuelo de los UAV en el espacio aéreo de la avenida se extiende a un perímetro más amplio. Las maniobras de las aeronaves se van ampliando, expanden sus giros, unos siguiendo a los otros. Los militares buscan altura por sus tamaños y los artefactos de los rebeldes se esconden entre los edificios, creando la expectación entre la población que circula por las calles y avenidas.

Así, con la ventaja del descontrol de las señales de los militares y del elemento sorpresa, van apareciendo tras éstos y les disparan sus proyectiles, derribándolos. De esa manera los rebeldes llevan la ventaja sobre los no tripulados de la Fuerza Aérea.

–Chicos... hagan algo, intenten recuperar la señal que controla el sistema de mandos –exclama Robert, ansioso.

–Señor, eso hago... le estoy enviando combinaciones variadas de algoritmos como los que usamos en los juegos, pero me los bloquea –responde Linda.

–Estoy haciendo lo mismo... pero no funciona, algo pasa, se cambia rápido lo que le asigno –añade Will, nervioso.

–Señor, autorice la entrada de los F-22... la otra vez pudimos defendernos del ataque de ellos –dice Robert.

–Agente, esas naves no pueden maniobrar a esa altura que están los UAV intrusos. Son para un espacio más amplio y abierto –responde el técnico de la CIA.

–Tiene razón, pero no tenemos más opción. Señor... están volando sobre el área del Washington Mall a baja altura, autorice su entrada y que Linda tome el mando como la otra vez –responde Robert.

–Es muy peligroso... son naves pequeñas luchando entre sí y la entrada de ellos a ese espacio aéreo puede traer peores consecuencias. Sus armas son de mayor alcance... y su uso en esta zona resulta peligroso –argumenta el Director.

–Señor, es claro su plan. Se dirigen a la zona de los monumentos nacionales, en pocos minutos estarán en el espacio aéreo del Washington Mall –exclama Robert, ansioso.

–Es posible... es posible Alexander...

–No esperemos que ataquen los símbolos nacionales. Es nuestra historia... somos nosotros, la nación está representada ahí, en cada metro cuadrado. Estamos perdiendo nuestros aviones. Preguntemos a la chica.

–Bien... de acuerdo...

–Linda... ¿Podrías a esa altura combatir con los UAV intrusos?

–Señor... creo que podemos intentarlo... podría resultar...

–Alexander... ¿Se da cuenta que la chica no está segura? Es un riesgo grande, no lo podemos hacer. Ya pedí que entren los Predator y un grupo de Reapers. Están a diez minutos.

–¿Diez minutos? Señor, en diez minutos no queda un solo avión en el aire. Los controlan y los están derribando como juguetes, por favor, autorice a los F-22, ellos están en la zona.

–De acuerdo... que entren. Señorita... ¿Lo puede hacer? –y Linda le asiente afirmativa.

–¡Bien, bien! –exclama Robert, con entusiasmo.

–Tiene el mando, comuníquese con ellos en la frecuencia de apoyo, adelante... –ordena el Director.

Linda y Will se miran, nerviosos, ansiosos con una sonrisa obligada, fingida. La orden dada por el Director a Linda para entrar en acción con los cazas era sinónimo de que su amigo estaba nuevamente bajo la presión de sus captores. Eso significaba que la vida de su amigo podría estar en riesgo.

La joven, más centrada y con más temple que su amigo Will, le hace un movimiento con su rostro, indicándole con éste la afirmativa. Entrará en los sistemas y tomará otra vez los controles del F-22 para enfrentar a los UAV, que amenazan con invadir el espacio aéreo del Washington Mall.

Ciertamente que las maniobras y el enfrentamiento a los veloces y más grandes UAV de la Fuerza Aérea por aquellos artefactos más pequeños y de aparente fragilidad, representaban un peligro inminente. Al derribar a los no pilotados militares demostraron que sus armas eran poderosas y constituían una inevitable amenaza.

El camión de los rebeldes que transporta la moderna tecnología, el centro de mando que en esos momentos tiene en una situación tensa y de inimaginable peligrosidad, está ubicado en una zona de la avenida, como cualquier otro vehículo, sin levantar sospechas de lo que ocurre en su interior. Jerry está frente al panel central de mando, es el que mantiene el bloqueo de las señales de las comunicaciones de la CIA y de las agencias de defensa.

Los técnicos rebeldes manejan los UAV, derribando las indefensas aeronaves de la Fuerza Aérea que vuelan erráticas. El bloqueo de las señales del centro de mando de los sistemas de defensa los mantiene volando a ciegas sin instrucciones precisas de los técnicos especialistas de combate. Éstos vuelan con sus sistemas básicos, automáticos, sin un programa que les permita defenderse de los ataques de los torpes rebeldes.

Así, sin control de las señales de comunicación de los UAV de la Fuerza Aérea, en el centro de controles Robert Alexander y los demás agentes están detrás de Linda y Will. Las pantallas muestran los controles de mando de los cazas F-22. Por momentos entran unas franjas de interferencia que los pone en tensión, pero ambos jóvenes logran estabilizar la señal.

–¡Bien Linda, bien! Tranquila que ya los tienes. Con calma Will, ya tienes el tuyo. ¡Vamos a demostrarles que no se saldrán con la suya! –les expresa Robert, poniendo sus manos sobre el hombro de cada joven.

–Sí, señor, vamos a sacarlos de ahí –expresa Linda, confiada.

–¡Qué extraño! ¿Por qué no vienen las otras? ¿Qué es eso? ¿Qué significa? –pregunta Robert, desconcertado ante la presencia de unas gráficas que intervienen con las señales de los caza.

–Aparenta ser un juego de combinaciones binarias que buscan acoplarse a las frecuencias de nuestro sistema... pero no puede ser –responde el técnico de la CIA, ansioso.

–¡Sí... sí...! Ése es Jerry que se quiere comunicar con nosotros. Es él... es él. ¡No lo bloquee! –exclama Linda, entusiasmada.

–¿Es él, es él? ¿Cómo lo sabes? –pregunta Robert, sorprendido.

–Siempre que íbamos a las competencias y queríamos comunicarnos utilizábamos una serie de combinaciones binarias que sólo nosotros conocíamos. Ya se dio cuenta que nosotros estamos en el control de los F-22. Él sabe que son mis favoritos... ése es él. ¡No hay duda, señor!

–¡Señor... señor... puedo controlar mi nave! Puedo controlar mi nave... ¡La tengo de nuevo! –exclama el técnico, animado.

–¡Tengo control de la mía también! –exclama otro técnico.

–Están entrando unas coordenadas a mi sistema. Señor, es una dirección. El chico nos está indicando en códigos cifrados el lugar donde está el centro de mando rebelde –dice el técnico de la CIA.

–¡Anótelas y envíe las unidades tierra al lugar, quiero a ese chico vivo! ¡De prisa, rápido! –ordena el Director, animado.

Ese cambio del espectro de las señales cambiaba todo el panorama. Las fuerzas de ambos bandos sugería un aparente balance de los equipos de las aeronaves no pilotadas. El control de los técnicos de la CIA sobre sus artefactos nivelaba el encuentro bélico que se llevaba a cabo en una zona de la periferia de la ciudad.

El cambio del espectro de las señales no se percibe en las redes de los rebeldes. Las pantallas no muestran cambio alguno. La euforia de los rebeldes que celebraban el derribo y caída de varios UAV se detiene abruptamente. Las imágenes de dos F-22 aparecen acercándose a gran velocidad y derribando a dos no pilotados. Los ánimos se exaltan y la algarabía cambia por maldiciones y gritos.

–¿Qué pasa? ¿Qué está pasando? –grita el comandante rebelde.

–No sé, Comandante, de momento las señales van y vienen, no entiendo lo que pasa. ¡Maldito bastardo! –exclama el técnico rebelde.

Ante ese cambio de las señales y la presencia de los cazas en las pantallas, derribando a los UAV, el comandante saca un puñal, lo pone en el cuello de Jerry y lo aprieta contra éste.

–¡Hijo de perra, mal nacido! ¿Qué hiciste? Contesta o te corto el cuello ahora mismo, maldito... ¡Contesta!

–¡Nada señor, nada! Sólo hago lo que me pidieron, todo está igual... –responde Jerry, aterrado.

–¿Y por qué entraron esos caza? ¿Por qué?¿No se supone que todas las señales están bloqueadas? –cuestiona el comandante, con furia, iracundo.

–Señor, esos aviones están diseñados con alta tecnología y desbloquean y bloquean las señales ajenas a sus sistemas.

–¡Pues tienes que hacer que se vayan o te mueres ahora mismo, maldito hijo de perra!

Jerry, aterrado y con dedos temblorosos asigna varios patrones de combinaciones. Dentro de éstos incluye ciertos códigos esperando que sólo Linda y Will los puedan interceptar, descifrar y entender con pocos datos. De otra manera, su vida está pendiendo de un fino y frágil hilo. Sólo le queda esperar a que sus amigos logren entender el esquema de su mensaje, escondido entre lo enviado para confundir a los F-22.

Mientras, en la cabina de controles de las fuerzas de defensa de la CIA y el Buró, Linda tiene el control de un F-22 y Will tiene el otro que los hacen desplazarse en complejas maniobras y giros. En uno de ésos movimientos se posicionan detrás de los escurridizos UAV rebeldes y le disparan, acertando, destruyéndolo y haciéndolo volar en diminutos pedazos.

Ante este inesperado impacto a una de sus aeronaves rebeldes, Jerry, aún bajo amenaza, toma el control de varios de los UAV y comienza a dispararles, pero ante la velocidad y los giros de los caza, no acierta. Esto le da oportunidad a Linda y a Will para hacer unos giros bruscos y elevar velozmente a los F-22 para perderse en la altura del alcance de los proyectiles rebeldes.

Hay algarabía entre éstos. Lograron hacer que huyeran, a pesar de haber derribado un UAV. El comandante no celebra, está furioso, no esperaba esa respuesta tan rápida y agresiva de las fuerzas norteamericanas.

–¡Hijo de perra! Esta vez te salvaste, pero no te salvas en la próxima. Adelante con los blancos, no pierdas tiempo... ¡Ya, rápido!

Así, con esas instrucciones y bajo amenaza, Jerry abre la ruta del espacio aéreo para que los UAV rebeldes inicien vuelo hacia el área de la calzada de los monumentos. Sólo varios artefactos viajan a baja velocidad, evadiendo edificios, estructuras, invisibles a los sistemas de radares y de las redes satelitales espías. El cielo está despejado de cazas.

Para la otra parte, para los que manejan el centro de controles de defensa de la CIA, todo es sorpresivo, confuso. Linda y Will tienen bajo su control los F-22. Los enfilan hacia el espacio aéreo fuera del alcance de los bloqueos de señales de los UAV que sirven de retro transmisores.

–¿Qué pasó? ¿Por qué se retiraron? –pregunta el Director.

–Señor... por alguna razón... pienso que quizás, cuando derribamos su máquina, obligaron a Jerry a tomar los controles de las otras naves. Era su técnica y lo mejor que podíamos hacer fue retirarnos... de otra manera nos arriesgábamos a perder los caza.

–Era él, señor... sólo que falló los proyectiles a propósito... por eso tuvimos que salir fuera de su alcance –explica Will, nervioso.

–¡Señor... señor... mire eso! Los UAV rebeldes se dirigen a los símbolos nacionales –exclama el técnico de la CIA.

–¡Chicos... hagan algo, deténganlos!

–¡Sí, señor, vamos tras ellos! –exclama Linda, nerviosa.

Eso era indicativo de que los planes de la misión eran realmente llegar hasta los monumentos nacionales. Sin duda se dirigían al espacio aéreo del Washington Mall. No había dudas de que algo siniestro tramaban y de la forma que fuera tendrían que detenerlos.

El cielo está despejado de las tradicionales combinaciones de nubes que cruzaban la zona de los íconos nacionales. La actividad humana en el área transcurre como siempre, normal, fuera de tensión, sólo la que generaban los turistas y visitantes del histórico lugar.

Los UAV rebeldes se dirigen a velocidad a los monumentos de la calzada, sin obstáculos, libremente sin la presencia de aeronaves de la Fuerza Aérea que les impida su trayectoria. En pocos minutos la distancia se va acortando. Se acercan con extrema rapidez a sus tarjetas militares, a sus blancos, al punto final de su misión.

En un cambio del patrón de vuelo comienzan a moverse de otra manera. Cambian la formación para volar distantes unos de otros y en zig zag a diferentes alturas, creando un confuso e inesperado modo de trasladarse a su destino.

Ese inesperado y sorpresivo cambio de patrón de vuelo desconcierta al centro de controles del equipo CIA y Buró. El grupo de técnicos, Linda, Will, Robert y el Director ven como ese errático y desconcertante plan sale de las estrategias militares típicas conocidas. Ninguno entiende lo que ocurre, menos cuál será el próximo movimiento.

Aquello crea confusión entre ellos que no les permite argumentar o hacer comentarios.

Mientras, Linda y Will todavía mantienen control de los F-22 Raptor. En un giro inesperado, éstos los hacen aparecer en el espacio aéreo de la calzada.

–Pero... ¿Qué hacen? ¿Quieren evadir a los Raptor? ¡Alcánzalos, Linda! –exclama el Director, ansioso.

–¡Los alcanzaremos, señor, ya mismo! –responde Linda.

Mientras los UAV, ya están sobre la zona y en un inesperado acto, éstos toman rumbos diferentes, buscando evadir y confundir a los caza. Unos se elevan, otros haces giros erráticos para moverse hacia direcciones diferentes. El artefacto que vuela al final se dirige a una zona donde se ven civiles, turistas caminando libremete.

Robert, el Director, el técnico y los jóvenes se dan cuenta rápidamente de la estrategia de los que manejan las aeronaves. Se dirigen a atacar la zona del Mall. Linda reacciona cuando se percata del plan de vuelo de éstos y de sus intenciones. Sin dudas que el planeo repentino a baja altura le indica que es un inminente ataque a la población.

Al mismo tiempo, otra de las máquinas se dirige hacia a uno de los monumentos. Will tiene al caza cerca de éste, pero la manera como está maniobrando, como hace giros y se mueve a baja altura le impide derribarlo.

Es muy arriesgado disparar dado los ángulos y lo cerca que vuela sobre las estructuras y lugares donde circula gente. Aún esa ventaja del UAV rebelde, se aleja del caza manejado por el joven, que no puede hacer esos virajes tan abruptos para interceptarlo.

Linda se percata de lo que sucede con su amigo, pero no puede intervenir ya que son varios artefactos y se dirige a uno que se acerca peligrosamente a un monumento. Al instante la pantalla muestra al no pilotado que dispara un proyectil.

Todos en la cabina del camión exclaman al unísono, una expresión de negación. Aquello los deja paralizados, pero la joven reacciona y lanza un proyectil teledirigido de alta velocidad tras él y en pocos segundos lo alcanza, haciéndolo explotar antes de llegar a la histórica estructura.

De igual manera gritaron de pavor y miedo al ver al UAV disparar, así lo repiten, pero de júbilo u alegría al ver a la chica derribar el proyectil. A poca distancia, Will trata de alcanzar a otra de las máquinas y le lanza un teledirigido de alta velocidad. Con giros erráticos el no pilotado trata de evadirlo, pero al parecer sus maniobras no son las mejores y es alcanzado, explotando en añicos.

Aquello desestabiliza el ánimo de los rebeldes. El descontrol hace presa rápida de éstos. La respuesta acertada de los caza, el derribo de uno de sus no pilotado y su forma de evitar que impactaran al monumento los desorienta, los enfurece.

Jerry y dos técnicos manejan los artefactos. Éstos perdieron sus máquinas en el choque y se sienten molestos, furibundos.

–¡Mantengan el blanco en la mira! Envíen una máquina a los turistas... maldición, eso los distraerá, ¡Rápido... rápido! –grita el comandante rebelde, alterado.

Esa orden estremece a Jerry. Los técnicos toman el mando de otros UAV para cumplir con la orden de su comandante. Aquel trágico mandato era como ver llegar el punto culminante de la pesadilla con un final doloroso. La vida de cientos de civiles que presenciaban aterrados lo que ocurría en los aires, estaba en riesgo. En segundos podría llevarse a cabo un incidente que marcaría dramáticamente la ciudad.

El joven palidece y sus manos sobre los paneles de control, tiemblan de nerviosismo, de miedo, de terror. En sus manos está permitir que ese momento de pánico y angustia ocurra. Sus pensamientos se debaten entre ese panorama y el que vive en ese instante con aquellos iracundos rebeldes que en cualquier momento, le arrebatan la vida.

En el espacio aéreo de la zona se lleva a cabo un inesperado y desconcertante combate. Los UAV rebeldes, ágiles y bien armados, aparecen de la nada para disparar a los caza. Éstos, a pesar de su rapidez los evaden y les contestan el fuego, pero no logran atinarle, menos acercárseles para derribarlos.

Ese intercambio de disparos entre las aeronaves mantiene a los agentes en tensión. Son minutos de incertidumbre y terror. Aquel choque aéreo sobre la ciudad más emblemática de la nación, la más representativa de su historia, jamás imaginaron pasaría, pero estaba ocurriendo.

–¡Chicos, tienen que derribarlos! –exclama Robert, nervioso.

–¡Eso queremos hacer, señor! –responde Will, asustado.

–¡Derríbenlos chicos, pronto que otro va a los monumentos! –interviene el Director, ansioso con sus manos en la cabeza.

La situación era desesperante para ellos. Los agentes estaban al punto del descontrol, casi al borde del pánico, esperando que en algún momento las otras agencias intervinieran y les apoyaran. Aquello era impredecible, los organismos de inteligencia no mostraban su presencia activa, al menos así lo veían sus pares.

Sólo que no había tiempo, éstos lo sabían, su experiencia en los conflictos bélicos en el Medio Oriente se lo confirmaba. Estaban en el clímax de aquel dantesco incidente y estaban perdiendo el control, los rebeldes estaban llevando la ventaja con aquellas ágiles máquinas.

En un movimiento rápido e inesperado los UAV aparecen y se acercan unos a otros cambiando la estrategia de esconderse a baja altura entre las estructuras. Aquel sorpresivo cambio desconcierta a los agentes.

Linda y Will se confunden pues a pesar de que los F-22 son más rápidos, están en desventaja. Los artefactos rebeldes le aventajan en número y pueden trasladarse en giros más cortos a sus blancos.

En la cabina de controles, los rebeldes están de igual manera descontrolados al punto de llegar a las maniobras más absurdas e inesperadas. El comandante está alterado, gritando y dando órdenes a sus hombres, que por instantes no entienden por contradictorias.

Jerry se da cuenta que está en el punto más peligroso, su vida y la de cientos de personas dependen de sus decisiones. Ante ese panorama debe pensar con calma y detenimiento cada acción, cada movimiento.

Una falla, un código equivocado, una señal fuera de lugar, culminaría en una eventual tragedia.

–¡Eso es... eso es! Vamos mocoso, demuéstrales a tus compatriotas que eres mejor que ellos... ¡Malditos! Teniente... sigue hacia el blanco... –exclama el comandante, alterado.

–¡Blanco en la mira, señor... lo tengo!

–¡Bajen de altura... vayan a los turistas! Los caza van a seguirlos –ordena gritando

En un movimiento rápido, los UAV mantienen la estrategia de separarse y se dirigen a la zona turística donde caminan cientos de personas. En un giro brusco éstos enfilan sus miras a tierra y disparan, pero como los técnicos rebeldes no son diestros apenas se acercan a la gente. Como una masa desorientada y aterrada, la gente se divide y corre dispersa a esconderse.

Al ver ese cambio tan abrupto, Linda y Will, aprovechando la velocidad de los caza se lanzan detrás de éstos a máxima velocidad. El rugido de las potentes turbinas retumba por toda el área, creando más tensión y pánico en la gente que corre sin rumbo fijo.

Los jóvenes entienden que los veloces Raptor F-22 no pueden bajar a la misma altura de los UAV y hacer los mismos giros, pero no les queda mas remedio, tienen que arriesgarse. El momento y la maniobra de éstos requiere una decisión rápida y acertada, por eso no lo piensan dos veces y se lanzan detrás de ellos, consientes del alto riesgo que toman.

Un descenso como aquellos, realizado por una máquina tan veloz como ésa, era retar a las fuerzas naturales, a la gravedad. Era lanzarse a la posibilidad de que en fracción de segundos podría provocar un desastre monumental.

–¡Se dirigen a la gente...! –exclama Robert.

–¡Deténganlos... derríbenlos, ya! –ordena el Director.

–¡No... no disparen! Los proyectiles de los caza son muy potentes y pueden alcanzar a los civiles! –exclama Robert.

–¡Hagan algo... hagan algo! Miren al otro avión... va hacia el monumento –señala el Director, alterado.

Los UAV se desplazan a baja altura disparando sobre los turistas que corren asustados. Los caza están casi sobre ellos mientras éstos impactan árboles, autos, un caos. La estrategia de Linda y Will de acercarse a ellos y tratar de desestabilizarlos con la fuerza de su desplazamiento es efectivo pues hacen que fallen sus proyectiles.

Aún así, las aeronaves rebeldes hacen unos giros abruptos y salen del alcance de las poderosas naves Raptor. Los aventajaban en su tamaño y poco espacio para virajes abruptos, lo que les permitía entrar y salir entre las estructuras.

En su maniobra para escapar toman altura y se lanzan detrás de los F-22 para dispararles, pero la rapidez de aceleración de las turbinas de éstos les ayuda a escapar de los proyectiles. Las máquinas se encuentran en el espacio aéreo, unas huyendo para esconderse a baja altura y los otros tratando de enfilar nuevamente en pos de los UAV.

En el centro de control de los Raptor, el Director está exaltado, nervioso, pero los demás agentes también son presa de la tensión y el desconcierto. Linda y Will están al mando de los caza, mientras sus pilotos se mantienen en alerta viendo como sus máquinas son manejadas desde el centro de control.

–¡Chicos, tienen que hacer algo, tienen que derribarlos! –exclama el Director, exaltado.

–Señor, los giros son demasiado bruscos. Si disparamos podemos alcanzar a la gente o a los edificios... ¿Qué hacemos? –pregunta Linda, nerviosa.

–¡Maldición...! Will, quédate con los aviones, Linda sigue al otro. No le permitas llegar a los monumentos –le ordena Robert, tenso y ansioso.

–Señor... lo sigo...

Aparece en la pantalla del caza de Linda el UAV rebelde que aumenta la velocidad, pero ésta hace que el Raptor se le acerque en segundos. Ante esto, el no pilotado comienza a hacer giros rápidos, subiendo y bajando para cambiar de dirección.

–No puedo fijarlo en la mira, se mueve demasiado rápido... –dice Linda, nerviosa y ansiosa.

–¡Dispara, dispara! Algún proyectil lo puede alcanzar –ordena el Director.

–¡Señor, si disparo así, puedo alcanzar civiles o impactar al monumento!

–¡Señor...! ¿Qué hago, qué hago? Son dos y me siguen disparando –Exclama Will.

–Tranquilo hijo, tranquilo. Retírate y toma distancia, eso te dará oportunidad para fijarlos en tu mira, hazlo –le dice Robert.

–¡Sí... sí!

Will retira el caza a velocidad, el rugir de las turbinas se adueña del espacio aéreo de la calzada. El F-22 toma altura rápidamente para lograr un giro que lo ubique nuevamente detrás de los UAV que tratan de esconderse entre las estructuras.

El Raptor enfila vuelo hacia uno de los no pilotados que se dirige a una masa de turistas que busca protegerse de las balas de la aeronave rebelde. Como éste se rezaga para disparar Will lo ubica en la mira.

El chico sonríe y lanza un teledirigido que en pocos segundos alcanza el UAV haciendo que explote en pequeños pedazos llameantes. Lo que el joven no se percata es que uno de las aeronaves rebelde regresaba y se ubica detrás de éste.

Ambas naves se dirigen a tomar altura, sólo que la ágil máquina rebelde lo sigue y le dispara. Will sabe que el proyectil se dirige hacia él y tiene que evadirlo. En un intento desesperado, hace unas maniobras para evitar el impacto del disparo, pero es alcanzado en la punta de un ala.

El panel de controles comienza a mostrar las alertas y a presentar la sección de la nave que fue impactada. Los nervios del joven están a punto de colapsar en crisis, pero se controla, debe hacerlo, no puede fallar.

En la cabina de controles del camión de los rebeldes hay una algarabía momentánea al ver cuando el UAV impacta al caza, saltan y ríen eufóricos.

–¡Eso es para que paguen, malditos hijos de perra... mueran, mueran! –grita el comandante rebelde, exaltado, siendo alabado por los rebeldes con vítores y frases.

Contrario a esto, en el centro de controles del camión de la CIA el ambiente era distinto, impera la tensión y el desespero. Aquel reducido número, dos pequeñas naves no pilotadas, pero ágiles y rápidas, contrastaba con los poderosos Raptor. Aún así la superioridad de esas máquinas, el tamaño y la rapidez de los rebeldes eran más lo que les daba ventaja.

Hay un gran descontrol en el grupo. Will solloza, está asustado, nervioso y presa del miedo por lo que pueda pasar con el F-22. Lo eleva y aumenta la velocidad tratando de apagar las llamas de la punta del ala, pero su intento es nulo.

–Señor me dieron, impactaron el ala derecha. Mire la pantalla, mire las condiciones. Pierdo control por momentos –dice Will.

–Tranquilo Will... tranquilo. Tú puedes manejarlo, regresa y acábalo. Va directo a los civiles y a los turistas –le dice Robert, animándolo para que siga al UAV y lo acabe.

–Sí... sí, señor... ¡Maldito, me las pagarás, me las pagarás!

Will regresa el caza con vuelo errático por momentos, pero veloz y detrás del no pilotado rebelde. Se le acerca para dispararle cuando Robert le exclama.

–¡Expulsa al piloto, expúlsalo! –le ordena Robert, exaltado.

Aquella tajante orden de Robert para que expulse al piloto le añade más nerviosismo a Will, que se encuentra en estado de pánico, al punto del descontrol. Al instante el joven acciona los códigos para expulsar al piloto de la poderosa nave que todavía mantiene flamas sobre una de sus alas. En segundos éste sale expulsado dejando al F-22 que continúa su persecución tras el UAV rebelde.

–Will... hijo, fija en tu mira al maldito y hazlo pedazos. ¡Acábalo!

El chico respira hondo y fija al no pilotado rebelde para dispararle, pero los movimientos descontrolados de la nave no le permiten mantener la precisión sobre su blanco.

–Hijo... adelántate al movimiento y dispara segundos antes.

–¡Trataré... trataré!

–¡Vamos, dale duro al maldito!

Will entiende lo que le dice Robert, pero la mira es demasiado inestable, lo que le hace dudar. Son fracciones de segundos críticos donde no hay margen de error, no puede fallar, tiene que ser prefecto.

–¡Ahora Will, ahora!

Con una sincronización entre las palabras de Robert y sus dedos temblorosos sobre el panel de controles de la aeronave, acciona el código y al instante sale un proyectil de bajo alcance. En segundos, el impacto sobre el UAV lo hace pedazos en una impresionante bola de fuego.

Aquel momento aparece en las pantallas de ambos comandos. EL coraje y la rabia por el derribo de la aeronave hace presa a los rebeldes, mientras en el lado de Robert y los jóvenes que manejan a los Raptor es una alegría momentánea.

El caza de Linda sigue al UAV que está próximo al monumento. Éste se acerca peligrosamente al ícono, con el inconveniente de que es una aeronave de poca velocidad, pero armada con poderosos proyectiles. La estrategia del rebelde es viajar haciendo giros y cambios de dirección bruscos para evitar que los F-22 lo fijen en sus miras y lo derriben.

–Señor... no puedo fijarlo en la mira. Hace movimientos y giros muy rápidos... ¿Qué hago, qué hago?

–Bien Linda... adelántate a su movimiento y dispara.

En ese momento ocurre algo que los sorprende, como si las palabras de Linda fueran un pedido, la pantalla muestra como el UAV deja de hacer movimientos erráticos y fija su vuelo en línea recta.

Ese cambio de patrón de vuelo crea un choque entre Jerry, que controla el no pilotado y el comandante rebelde.

–¿Qué haces estúpido bastardo? ¿Por qué cambias el vuelo? –le increpa a Jerry, sosteniéndolo violentamente por la chaqueta.

–¡Señor... suélteme, así no puedo fijar el blanco! –y al escuchar el reclamo del joven, el comandante lo suelta abruptamente.

–Bien... vamos a ver. ¡Dispárale los proyectiles, ya... ya! Dale de su propia medicina a esos malditos hijos de perra... mal nacidos.

–Necesito estar más cerca... estabilizarlo... es más seguro...

Las pantallas del centro de control muestran como el UAV se acerca al monumento peligrosamente. Robert y los demás agentes observan estáticos el rumbo que lleva éste, directo al blanco.

–Es tu oportunidad, Linda... ¡Fíjalo ahora! ¡Dispárale! –le dice Robert, exaltado al ver el cambio de vuelo.

–¡Es Jerry... es él! Lo estabilizó para que lo derribe! ¡Gracias amigo!

Y en ese momento, Linda hace que aparezca el UAV en la pantalla del F-22, fijo en su mira, el blanco perfecto. Así al instante la joven dispara al no pilotado rebelde. En segundos se ve como el proyectil teledirigido se dirige al impacto directo. Una gran explosión y una bola de fuego y humo negro envuelve a la máquina no tripulada.

Esos segundos de tensión culminan, la joven respira aliviada, los agentes gritan eufóricos de júbilo y alegría. Lograron detener a tiempo el atentado contra el monumento que culminaría en un atentado fatal, en una herida profunda e inolvidable para la nación.

Mientras, en los suburbios, en una de las calles aledañas a la Avenida Constitución, un grupo de especialistas llega en vehículos privados hasta un área donde la gente y los visitantes caminan ajenos a lo que está a punto de ocurrir. En un movimiento rápido y articulado, éstos salen de los autos y camionetas desplazándose hasta un camión de mudanzas.

En segundos, un contingente de hombres uniformados de negro lo rodean. Así mismo, varias camionetas y camiones blindados llegan y se estacionan a su lado. Aparecen en silencio, sin sirenas, sin luces de emergencia y de esa manera se ubican cerca del vehículo.

Con una asombrosa rapidez y perfecto orden, los agentes, los especialistas y los miembros de las fuerzas especiales se ubican en sus posiciones. En un instante desplegaron una logística pocas veces vista en plena ciudad. Aquel movimiento parecía de un lugar en estado de sitio, de guerra.

Los especialistas se acercan a las ventanas del vehículo, rompen los cristales y lanzan gases inmovilizadores al interior. Con equipos y herramientas de alto impacto, destruyen la puerta. Los rebeldes se defienden y disparan a ciegas hacia éstos, que se protegen con los escudos antibalas.

En segundos, éstos neutralizan a los rebeldes y entran, sacándolos al exterior, apresándolos. Todo ocurre en un instante, como un montaje de ciencia ficción, de película. Era como ver rápidamente desfilar una a una aquellas escenas, reales, en vivo.

Uno de los especialistas sale al exterior con Jerry, cubriéndolo con una chaqueta. Así mismo, los paramédicos se acercan a él y lo llevan hasta uno de los vehículos. En el momento todos es confusión entre la gente que corre de un lado a otro, gritando y tratando de escapar del incidente.

Inesperadamente, sin que lo imaginaran, sale un individuo de la cabina del vehículo gritando frases, con un control en la mano. Todo se detiene. El movimiento del contingente de agentes, especialistas y fuerzas especiales se detienen de forma automática al escuchar al sujeto gritando. Entendieron de inmediato lo que ocurría.

El hombre, un rebelde que al parecer era el chofer del vehículo estaba en una parte de la cabina dormido. Al darse cuenta de lo que ocurre sale con un chaleco bomba amarrado a su pecho. El ambiente de asalto y de agentes de las fuerzas especiales corriendo de un lado hacia otro, gritando órdenes y moviendo personas, pausó de forma abrupta, como si en una tajante orden, se detuviera todo.

En su idioma, el rebelde grita frases a los agentes.

–¡Alto, alto! No se muevan, tiene un chaleco bomba y pide que suelten a sus compañeros –grita un especialista.

Ante este pedido a alta voz, en segundos todos se detienen. Un especialista que habla su idioma se dirige a él, pidiendo que se tranquilice, que desea hablarle. El sujeto esta asustado, nervioso y mantiene todo el tiempo la mano arriba con el dedo sobre un botón rojo, el detonador del chaleco bomba, explosivos de alto impacto.

Moviéndose de un lado a otro, continúa gritando para que suelten a sus compañeros, que al escucharlo comienzan a gritar también. Unos le piden que active la bomba, otros le dicen que los libere.

Sólo que las fuerzas especiales, rápidamente les tapan la boca y no les permiten gritar. Éstos se mueven y forcejean para liberarse, pero los especialistas no se lo permiten, a pesar de las amenazas de su suicida compañero.

El sujeto continua gritando que liberen a sus compañeros, que activará la bomba en segundos si no hacen lo que él pide. El especialista le insiste en hablar para negociar y le pide que se calme, pero éste se encuentra demasiado asustado. Mientras, los agentes y el resto del contingente de las fuerzas se van moviendo lentamente hacia atrás, lejos del rebelde suicida.

De momento, éste deja de hablar con el especialista y les grita que no se muevan. Al momento todos se detienen, no hay movimiento alguno, a pesar del peligro inminente en que se encuentran frente a aquel sujeto con un chaleco bomba.

El sujeto continua gritando, desarticulado, con frases y amenazas. Éste pide que liberen a sus compañeros y que les traigan un vehículo. El especialista hace silencio mientras el sujeto mira de un lado a otro con su mano arriba y el dedo sobre el detonador. Sabe que en esos segundos le deben dar la respuesta, de otra manera se inmolará, llevándose a todos los que allí se encuentran. Lo sabe, por eso la amenaza tan tajante.

Sólo que en esa pausa de espera, cuando el sujeto se detiene, de forma silenciosa, aparecen en la frente de éste dos puntos oscuros de donde sale sangre de forma abrupta. Dos francotiradores le disparan al unísono en la frente, aniquilándolo al instante, en segundos, sin darle tiempo a reaccionar y activar el detonador. Con la mano al aire, rígido, dobla las rodillas y cae hacia atrás.

En ese momento, de la misma manera como se activó la movilización de los especialistas y las fuerzas especiales, así mismo llegan hasta el sujeto que cae fatalmente herido. En un movimiento de gran pericia, desactivan el artefacto explosivo y continúan su operación de liberar a Jerry y asegurar el perímetro. Pasado el incidente del sujeto suicida con el chaleco bomba, toda la operación sigue su rumbo.

Tienen que salir de allí rápidamente y llegar al área donde están sus compañeros lidiando con lo que había sido una amenaza real a la zona histórica de la ciudad. No tenían tiempo para comprobar si quedaba algún reducto de rebeldes suicidas. Lo corroborarían al llegar junto a sus compañeros de agencia.

Los especialistas se mueven con los rebeldes esposados y los llevan a los vehículos blindados. En pocos minutos los agentes y la policía desalojan el lugar. La prisa de la gente por huir de allí, el movimiento de un lado a otro de los curiosos, de la policía disminuye, hasta quedar solo los agentes de evidencias del Buró custodiando el camión, los vehículos de asalto delas fuerzas especiales y el de los paramédicos.

Con unas camionetas abriendo paso, con sirenas y biombos de emergencia el camión del centro de controles, donde se encuentran Linda y Will cruza por la avenida hasta al lugar. A toda prisa bajan Robert Alexander, el Director y los agentes abren paso entre el confuso movimiento de agentes, policías y especialistas llevando a los jóvenes hasta el vehículo de asistencia médica.

Varios paramédicos están atendiendo a Jerry que fue afectado por los gases. El joven está sobre una camilla dentro del vehículo, ileso, un poco confundido y mareado por los gases. Aún aturdido por el incidente, abre lentamente los ojos para darse cuenta que el dantesco incidente pasó.

Mirando a su alrededor se da cuenta que tuvieron éxito al detener a los rebeldes. Su estrategia de hacerles llegar de forma encriptada las coordenadas a sus amigos, Linda y Will, daría resultados y así fue, estaba vivo.

El ambiente es de mucha tensión, confusión y desconcierto. En pocos minutos el tranquilo lugar se había transformado en un estado de sitio militar, en uno de terror y caos. Era una pesadilla que se había hecho realidad, había tomado forma y transformado aquel momento en uno de pánico y desesperación.

La presencia de tantos elementos de seguridad nacional, de vehículos y personal militar había creado un ambiente de tensión y de pánico entre la población civil que todavía corría aterrada por la avenida buscando protegerse.

–¡Jerry... Jerry! ¿Estás bien? –exclama Linda, nerviosa.

–¡Jerry... amigo, amigo! –le dice Will, ansioso.

Los dos jóvenes se funden en un abrazo con Jerry, emocionados, Linda sollozando y Will, riendo, nervioso. Robert, el Director y el agente de la CIA, junto con los demás agentes se acercan a ellos, sonriendo y saludándolo. Aquel momento parecía la conclusión no imaginada por los chicos, habían perdido la esperanza de salir airosos de aquel espeluznante incidente. Al fin estaban fuera del caótico momento de terror, fuera de la presencia suicida de los rebeldes, terroristas, muertos en vida.

Cada minuto vivido en las últimas horas les resultaban como tomados de una cruel pesadilla de terror.

–¡Hola, Jerry...! ¡Bienvenido amigo! ¡Eres un héroe... nuestro héroe! –exclama Robert, emocionado con el respaldo de los demás agentes que lo saludan y felicitan por su gran hazaña y valor.

Jerry, Linda y Will se abrazan y luego de una pausa larga abrazados comienzan a reír espontáneamente. Robert se acerca y se funde en un caluroso abrazo con los jóvenes. El Director y el agente de la CIA se acercan y les felicitan con un saludo de manos. Aquel momento es como la conclusión, como el despertar de un sueño absurdo, irreal, dantesco del cual no podían despertar.

La tensión de los agentes, policía y personal del Buró asegurando el perímetro, acentúa el escenario de lo que había ocurrido minutos atrás. Aquel inofensivo camión de mudanzas, disfrazado como un vehículo común guardaba en su interior el cerebro de los rebeldes que con una avanzada tecnología y con un talentoso joven secuestrado, estuvieron a punto de crear la cicatriz más honda en el patrimonio histórico de la nación.

La presencia de aquel joven que, adolorido por la pérdida de su padre en el conflicto de Afganistán, había logrado lo que las más capacitadas y respetadas agencias de espionaje no habían logrado, entrar en la red cibernética del centro de mando de una de las más temidas organizaciones terroristas del Medio Oriente.

Con una astucia y brillante destreza, Jerry logró desestabilizar al temido grupo terrorista. Sólo que el joven no imaginó los alcances de éstos, los subestimó y terminó prisionero, en sus malvadas manos.

El lazo inexplicable de la amistad, de esa relación que a veces supera todo tipo de explicación, de sus compañeros de escuela, de sus amigos de infancia, logró lo que ninguno imaginaba, rescatarlo con vida y salvar cientos de vidas y la estabilidad de la ciudad.

Jerry, Linda y Will con la ayuda de su vecino, Robert Alexander fueron la pieza clave para que las agencias de seguridad nacional evitaran un golpe jamás imaginado a su país, a sus monumentos, a su legado histórico, a la memoria de sus fundadores.

www.ingramcontent.com/pod-product-compliance
Ingram Content Group UK Ltd.
Pitfield, Milton Keynes, MK11 3LW, UK
UKHW041939190726
13854UKWH00004B/1689

9 781387 024704